ヤンキー男子が
K-POPに出会って
人生が変わった件

サンナムジャ

浜口倫太郎

小学館

プロローグ

アイドルにとってリフターは、世界を変える魔法の装置――。

リフターとは、コンサートなどでよく使用される昇降機だ。アイドル達はこれを使い、舞台下からステージに登場する。

春井戸貫太《はるいどかんた》はそのリフターの上に乗り、静かに開演を待っていた。

今、貫太は暗がりの中にいる。でもこの闇は一瞬で、何万人という観客が待ち受ける、壮大な景色へと早変わりする。

興奮と期待に満ちあふれた人々。間隔が短くなった呼吸と、頬を焦がすような熱気。無数のペンライトで作られた満天の星。トップアイドルはよくスターに例《たと》えられる。それは星のような存在だからだ。貫太はそう考えていたが、数万人規模のステージに立つ身になって、それが間違いだと気づいた。

この無数の人達が織りなす星空を見られるから、スターなんだと。

サンナムジャ――。

それが、貫太の所属するアイドルグループの名称だ。

今、貫太がいる場所は東京ドームで、今日がワールドツアーの初日だ。東京を皮切りに、韓国、アメリカ、カナダ、イギリス、オランダ、ドイツ、フランス、台湾、タイ、ブラジル、サウジアラビアなど世界中の国々を駆け巡る。

巨大スクリーンに、メンバー達のシルエットと顔が映し出されると、黄色い歓声が上がる。ドームの屋根をふき飛ばし、夜空がまっ黄色に染まるほどの声量。演出の火薬が爆発しているが、観客の声がそれをはるかに上回っている。

前奏が流れ、火柱が勢いよく立ち上がる。今か今かと待ち望む観客の感情が、肌と魂を熱く震わせる。

いよいよだ。貫太は鼻から深く息を吸い、口からゆっくり吐く。一つ、二つ。トントンと軽快に、心臓が胸を叩《たた》く。そしてリフターが上昇する、その瞬間、胸の中に、サッと、乾いた海風がふきぬけた。

えっ……。

甘い潮の匂いが、鼻をくすぐる。鼓膜を破らんばかりの大歓声が消えていき、ザアザアという波の音へと変わった。

そして眼下には、海原が広がっていた。ペンライトの星空ではない、目が痛くなるほど鮮やかで、今にも泣きたくなるほどの壮大な空と海だ。

あのとき、高校一年生の夏休み、毎日のように眺めていたあの光景だ……どうして今、そんなことを思い出すんだ。

俺の人生を変えた、あの蒼く輝く日々を……。

第一部

高校生編

一章

一

　貫太は、公園で体を動かしていた。

　スピーカーからラジオ体操の音楽が流れ、老人達も体を動かしている。サワサワと春の風が木々を揺らし、新緑の匂いが鼻孔をなでる。のどかな早朝の風景だ。

　最後に深呼吸をして、朝の新鮮な空気を胸いっぱいに吸い込む。できたてホヤホヤの酸素で、肺が微笑《ほほえ》むのがわかった。

　貫太がクルッと振り向くと、目の前にこの場に似つかわしくない男達がいた。

　全員強面《こわもて》で、ハイブランドの黒いTシャツを着ている。袖からはタトゥーが見えていた。

　その中の一人、金髪の男が、イライラしながら叫んだ。

「なんでヤンキーがラジオ体操やんだよ」

「うるせえな、ラジオ体操が日課なんだよ。だいたい俺はヤンキーじゃねえ」

「おまえがヤンキーじゃなきゃなんなんだ。リーゼント、短ラン、ボンタンって、いつの時代から来たんだよ」

金髪男が唾を飛ばした。貫太の髪型は、ポマードをたっぷりつけたリーゼントだ。毎日この髪型を作るのに二十分はかかる。

服装は学生服の着丈を極端に短くした、短ラン。

ダボダボのズボンで、裾をキュッとしぼったボンタン。

この古き良きヤンキーのオールドスタイルを、貫太はこよなく愛している。

金髪男の肩をグイッとつかんで、別の男が前に出てきた。

こいつだけ、タトゥーをしていない。眼光が鋭く、ナイフのようだ。金髪男達のような、ただの喧嘩《けんか》自慢ではない。確実に、何かの格闘技経験者だ。

耳は潰《つぶ》れていない。ならば、柔道やレスリング経験者ではないはずだ。そういった競技の経験者は畳や床で耳がこすれて、餃子《ギョーザ》のようになる。

「ボクシングかよ」

貫太の言葉に、男が反応する。シュッと鋭いジャブを撃つ。空気を切り裂くようなパンチだ。

まぶたが腫れぼったいことからもわかった。ボクサー特有の顔つきだ。

老人達が、ベンチの上に箱を載せた。歯の欠けたじいさんが手を叩く。

「さあはった、はった。貫太VSボクサーじゃ」

貫太だ、ボクサーだ、とじいさん共が、箱に千円ずつ投げ入れていく。興奮しすぎて、入れ歯がはずれているやつもいる。

貫太はあきれた。

「年金で賭けんなよ……」

いつの間にかこの早朝喧嘩が、賭けの対象になってしまった。

ボクサーがファイティングポーズを取り、ステップインから鋭いジャブを放つ。

速い――。

避《よ》けることもガードもできず、貫太の顔面にパンチが命中する。頬がヒリヒリと痛んだ。

拳《こぶし》をぶんぶん振り回すだけの素人《しろうと》とは違う。挙動を読ませない、練習を積み重ねた動きだ。

「ボクシングの左ジャブは、あらゆる格闘技の中で一番速い。空手野郎には反応できねえよ」

貫太が空手を使うことを、金髪男達から聞いているのだろう。

ペッと血のまじった唾を吐き、貫太が構える。

「いいねえ。ヤンキー漫画でそんな台詞《せりふ》吐くやついたぜ。全員最後にぶっ倒されてたけどな」

にやっとボクサーが笑った。今度はジャブではなく、いきなり力強いストレートを放つ。

その拳を、貫太はまともに顔面で受け止めた。ガツッと鈍い音が響くと、ボクサーのにやけ面が、グニャッとゆがんだ。

貫太は拳を、自分の額で受け止めたのだ。

その隙を見逃さず、貫太は上段回し蹴りを放った。空気をえぐるような風切り音がし、ボクサーの側頭部に見事ヒットする。ボクサーは、膝から崩れ落ちるようにダウンした。

貫太が、ごつい拳をつき出す。

「ボクサーと空手家の違いがわかるか。それは拳を鍛えてるか、鍛えてねえかだよ」

硬い額でパンチを受ける。ボクサー相手にはこれが有効だ。

信じられない……金髪男達がそんな様子で、ボクサーを連れて逃げ去っていく。まあまあ強かったが、貫太はすっきりしなかった。

中学生の頃は、三度の飯よりも喧嘩が好きだった。でも高校生になると、なぜかとたんにつまらなくなった。充実感がまるでない。心のどこかに、針穴を穿《うが》たれたようだ。

ほくほく顔で、歯抜けのじいさんが近づいてくる。

「いやあ、今日のはなかなかの強敵だったな。また頼むぞ」

「いや、もう喧嘩はやめだ。つまんねえ。飽きた」

じいさんが目を剝《む》く。

「おいおい、老人の楽しみを奪うな。戦え、戦うんじゃ。ファイティング原田《はらだ》のごとく」

「誰だよ」

貫太はカバンを持つと、公園から立ち去った。

通学途中、他の学生達がチラチラと貫太を盗み見てくる。奇人、変人、バケモノを見る目つきだ。

貫太は理解に苦しんだ。なぜこのスタイルのかっこよさがわからないんだ？　貫太が校長だったら、これを学校指定の制服にする。

登校すると、すぐに授業がはじまる。

真剣に聞こうとは思うのだが、散弾銃のようにあくびを連発してしまう。レベルが高すぎて、まるで頭に入ってこない。

黒板から視線を下げると、前の席のやつが消しゴムを落とした。しかも、落としたことに気づ

いていない。しかたねえなと拾ってやり、

「おい、落としたぞ」

そう声をかけると、

「ヒッ！　すっ、すみません！」

ガタガタと震え、椅子から転げ落ちた。今にも卒倒しそうなほど顔面蒼白《そうはく》になっている。

物理の先生が叫んだ。

「おい、春井戸、おまえ何やったんだ！」

「なんもやってねえよ。消しゴム拾っただけだよ！」

「嘘《うそ》つけ！　カツアゲか。オレオレ詐欺か。マルチ商法の勧誘か!?」

またこれだ、と貫太はげんなりした。何をしても怖がられて誤解される。この学校に来てから、まともに誰とも会話ができない。

中学生の頃、成績は中の下だった。とても進学校であるこの月山《つきやま》高校に入学できるレベルではなかった。

ただ貫太はどうしても、この学校に入りたかった。

服装が自由だからだ。一応制服もあるのだが、私服で通学ができるのだ。

貫太は中学校でもリーゼント頭だったが、制服がブレザーだった。

やっぱりヤンキーの三種の神器は、リーゼント、短ラン、ボンタンだ。

このパーフェクトスタイルで高校生活を謳歌《おうか》するには、どうしても月山高校に合格する必要があった。

そこで貫太は一念発起し、受験勉強に励んだ。友達も先生も母親ですらも、「絶対無理だ」と言ったが、貫太は根性でやり抜いた。

そして奇跡が起きた。見事、月山高校に合格したのだ。卒業した中学校では、「貫太を銅像にしよう」という話も出るほどの快挙だった。

ただ実際に入学してみると、貫太は浮きに浮いた。

一応この月山高校にも、数は少ないが不良はいた。そいつらを入学初日に貫太はぶん殴った。

さっき公園にいた、あの金髪男だ。

金髪男はそれがよほど悔しかったのか、それからは助っ人《すけっと》を使い、幾度も喧嘩をふっかけてきた。

早朝の公園で、そんな助っ人たちを返り討ちにしていたのだが、さっきのボクサーで打ち止めだろう。あの逃げていった背中を見ればわかる。

ヤンキー新入生が、不良を一掃した……こうして貫太は、より猛獣珍獣扱いされていく。

授業が終わり、貫太は屋上に向かった。楽しそうにしていた生徒達が、貫太に気づくと、ササッと脱兎《だっと》のごとく逃げ去る。

またか、俺は森から出てきた熊じゃねえんだぞ。貫太が舌打ちする。

気分を変えるために、ミントタブレットを口に入れると、

「おい、学校でシンナー吸うなよ」

担任で、国語教師の新堂《しんどう》があらわれた。ボサボサ頭に太いフレームのメガネをかけて、にやにやと笑っていた。貫太より身長が低いので、新堂を見下ろす形になる。

「なんでタブレットがシンナーになんだよ」

「リーゼントに短ランボンタンなんて、先生の学生時代にもいなかったぞ」

「先生の頃のヤンキーはどんなんだよ」

「カラーギャングだな。おそろいの色のTシャツ着て、バンダナ巻いて暴れてた」

「なんだそりゃ。クソだせえな」

「みんな噂《うわさ》してるぞ。おまえは五十年前から転生してきたヤンキーで、元の時代に戻るために、喧嘩で千勝する必要があるって」

「ふざけんな。俺はれっきとした現代の高校生だ」

転生ヤンキー。それが、この学校での貫太のあだ名だ。

新堂が、貫太をじろじろと見る。

「今の高校生が、そんな格好するか？　それにスマホも持ってないなんて、そんな高校生が現代にいるか？」

「……あれは画面見てたら目が痛くなるからよ。あと電磁波がおっかねえだろ」

「ほれ見ろ。間違いない。おまえは五十年前から転生してきたんだ。『昭和のヤンキーが転生して、喧嘩自慢をボコってバズる件』の主人公だ」

貫太がヤンキーに憧れたのは、完全に祖父のせいだ。

祖父の趣味はクラシック音楽の鑑賞と、漫画を読むことだった。

漫画は八十年代から九十年代にかけての、ヤンキー漫画を愛読していた。

子供の頃、貫太はなにげなくその漫画本を手に取った。ページをめくると、強烈な衝撃を受けた。

　リーゼント、そり込み、パンチパーマ、長ラン、短ラン、ボンタン、極薄鉄板カバン、暴走族、直管《ちょっかん》マフラー、チョッパー……。

　現代では信じられない光景が、漫画の中ではくり広げられていた。今の現実が、グルングルンと二回転ひねりした。日に焼けて色が変わった漫画本から、目と手を離せなかった。

　ヤンキー達は粗暴だが、義理と人情に厚く、何より仲間想《おも》いだった。

　これぞ、男の中の男だ――。

　古い本なので手がかゆくなりながらも、夢中で読みふけった。

　台詞もシーンも丸暗記できるほど熟読すると、貫太はヤンキー達に憧れを抱くようになった。

　自分もこうなりたい。そう願うようになった。

　こうして、転生ヤンキーが誕生したのだ。

　貫太が口をとがらせる。

「この学校の生徒はビビリすぎなんだよ。消しゴム拾ってやったのに、人殺しに会ったみたいに騒ぎやがるんだぞ。やってられねえよ」

「なら中退するか？　自主的に退学してくれたら先生も助かる」

「どんな教師だよ。辞めねえよ。どんだけ苦労して受かったと思ってんだよ」

　新堂が、まじまじと貫太の額を見る。

「で、今日の喧嘩は勝ったのか？」

「当たり前だろ」

「さすがだな。じゃあ次の相手は、一ヶ月間エサを断《た》ったライオンか」

「俺はローマの奴隷じゃねえんだぞ。もう喧嘩はやんねえ。飽きた」

ふーんと新堂が、意味ありげに頬をなでる。

「じゃあ部活だな。部活に励め」

「部活ねえ……」

この学校では、生徒は必ず部活に入らなければならないが、貫太はまだどこに入るか決めかねていた。

「ただおまえが入部するにあたって、先生から一つ注意というか、お願いがある」

「なんだよ」

「人気のある部活には入るな。野球部とか、サッカー部とか、バスケット部とか。なんかその他もろもろ。女子からキャーキャー言われて、教育テレビでアニメ化されて、2・5次元舞台になりそうなとこ」

「……まさかその理由は、他の生徒に迷惑がかかるから、とかじゃねえだろうな」

「ザッツライト！」

新堂が貫太を指さす。

「おまえがいるだけで、他の生徒は怖がる。一教師として、みんなの甘酸っぱい青春の一時《ひととき》を、転生ヤンキーに邪魔させたくはない」

「じゃあ俺はどこ入ればいいんだよ」

「なるべく部員数が少ない、マイナーな部活に入れ。被害者は出るが、その数は少ない。苦渋の決断ってやつだな。頼む」

　そう新堂が手を合わせるのに、はあ、と貫太は肩を沈ませた。


　貫太は、部活棟に向かった。

　この前、新入生勧誘の部活紹介があったのだが、一つも入りたい部活がなかった。

　吹奏楽部のものだろうか、管楽器の音色が聞こえてくる。そこに合唱部の歌が重なった。蜜柑《みかん》色の感情が、じわっと体を満たしていく。校舎の中で聴く歌声は、何か格別なものに感じる。文化系でも音楽系は人気がある。

「合唱部ねえ……」

　一瞬惹《ひ》かれかけて、ブンブンと首を振る。

　歌はダメだ。俺は親父《おやじ》じゃねえんだぞ……。

　貫太の父親はプロの歌手だった。さほど有名ではないが、ヒット曲もある。今はボイストレーニングの講師をやっているそうだ。その歌唱力を、貫太は受け継いでいる。

　だが貫太は、大の父親嫌いだ。歌うなんて、親父を認めることになる。だから貫太は人前で歌うことはおろか、カラオケも行ったことがない。

　ぶらぶらと部活棟の中を歩いてみる。月山高校はマンモス校なので、部活も多種多様だ。美術部、演劇部はもちろん、発酵部、きのこ部、雑草部なんてのもある。なんだそりゃ？　絶対入りたくない。

　そこでふと、一枚のポスターが目にとまった。そこには『韓国語部』という文字とハングルが書かれていた。

「韓国語か……」

興味を持ったので、部室に向かってみる。三階の、一番奥の部屋だ。

中を覗《のぞ》いてみると、顧問らしき先生はおじいちゃんだった。白髪で、茶色のベストにスラックスを穿《は》いている。公園にいるじいさん共よりも上品な感じだ。

生徒の数を数えてみる。一、二、三……犠牲者が三人ならば、新堂も文句はないだろう。

よしっ、ここがいい。貫太が部室に入った。

「先生、俺、韓国語部に入りたいんだけど」

二

「パッチムの有り無しで文章の作り方が、変わります」

じいさん先生がゆっくりと話す。時間を遅くする魔法でもかけられているのか？　そう疑うほどスローな口調だ。しかし授業と違って、興味深く聞ける。やっぱりこの部活を選んでよかった。

韓国語部に入って一週間が経《た》った。

他の生徒達を見る。全員が貫太と同じ一年生だった。

一人は片野晴彦《かたのはるひこ》。暗いやつで、いつもうつむいている。その上、目にかかるほど前髪が長いので、表情がよくわからない。ハサミと理髪店の存在を知らないのだろうか？

もう一人は、柏木大地《かしわぎだいち》。丸顔で太っている。鏡餅に筆で絵を描いたような顔立ちをしていた。

まだ春なのに、もう暑そうにしている。

斜め前の生徒の机から消しゴムが落ちた。貫太は迷ったが、拾ってやることにする。

「春井戸君、ありがとう」

草野凪《くさのなぎ》が、にこっと笑顔を返した。肌がボウリングの玉のようにツルッとしていて、にきび一つない。童顔なので、中学生にしか見えない。

晴彦と大地は、他の生徒同様貫太に怯《おび》えているが、凪は違った。

いつも笑みを絶やさず、貫太とも気軽に会話ができる。貫太にとっては貴重な、ヤンキー恐怖心ゼロの同級生だ。

部活が終わり、晴彦と大地が逃げるようにして帰っていく。

貫太が舌打ちする。

「あいつら、今日もこれかよ」

「仕方ないよ、春井戸君、おっかないんだもん」

「どこがだよ」

「転生ヤンキーだって有名だよ」

笑顔の凪に対し、貫太は頭が痛くなった。

「またそれかよ」

「あ、そういえば春井戸君の他にももう一人、有名な新入生がいるよね」

「なんだよ。そいつも喧嘩強《つえ》えのかよ」

「そうじゃなくて、すっごいイケメンなんだって。女の子がキャーキャー騒いでる。僕は会ったことないんだけど」

「イケメンねえ」

びっくりするぐらい、なんの興味も湧かない。

「それより凪、飯行こうぜ。いい店知ってんだよ」

すまなそうに、凪が手を合わせる。

「ごめん。僕、今から塾なんだ」

「塾？　おまえ塾なんか通ってんのか？」

「特進クラスで塾行ってない人なんていないよ」

「とっ、特進クラス!?」

月山高校の特進クラスは、県下でも指折りの優秀な生徒しか入れない。

「なんだよ、おまえ、ぜんぜん頭良さそうに見えねえのに特進なのかよ」

「ハハッ、よく言われる。じゃあまた来週ね」

ササッと凪が教室を出て行き、貫太はポツンと一人取り残された。


一人寂しく学校を出ると、貫太は電車に乗った。

まさかこの俺が、孤独感を味わうとは……。

中学校まではずっと地元で過ごしていて友達も多く、一人ぼっちなんて状況はなかった。

このヤンキースタイルが、ここまで敬遠されるなんて。転生ヤンキーうんぬんではないが、反対に五十年前にタイムスリップしたくなる。

だがこの逆境に耐えてこそ、真のヤンキーとも言える。

まずこのスタイルの素晴らしさを、伝える必要がある。そのために韓国語部の連中を強制的に、リーゼントにするのはどうか。そして貫太おすすめのヤンキー漫画を読ませて、原稿用紙四枚分の感想文を書かせよう。コツコツと、身近なところから改革だ。千里の道も一歩から。ローマは一日にして成らず。勉強は苦手だが、ことわざは好きだ。

電車を降りると家には帰らず、反対方向へと歩きはじめた。目指すは、商店街から二本ほど外れた通りにある焼肉店だ。

店は年季が入っていて、全体が薄汚れている。軒先には、空のビールケースが積まれていた。暖簾《のれん》には、『焼肉・平壌《ピョンヤン》冷麺　サンナムジャ』と書かれているが、文字がかすれてほぼ読めない。

店に入る。土間にテーブル席が四つと丸椅子、奥には座敷もある。椅子はガタガタで、座るには注意が必要だ。

店の隅には一応テレビもあるのだが、ブラウン管テレビというやつだ。ヤンキー漫画でその存在は知っていたが、この店でしか実物を見たことがない。

店の奥から、オモニがあらわれた。花柄のシャツにエプロンをして、目尻にいっぱいのシワを浮かべている。その無数のシワ一つ一つが、安心と優しさの曲線を描いていた。

「貫太、オソワヨ《お帰り》」

「オモニ、タニョワッスムニダ《ただいま》」

貫太が元気よく応じた。

オモニは韓国語で、『お母さん』を意味する言葉だ。オモニの本当の名前はマクタだが、みんなオモニと呼んでいる。

貫太との年齢差からすればオモニではなく、ハルモニ《おばあちゃん》だが、オモニはオモニだ。

「今日は何にする？」

「もちろん冷麺と焼肉。出世払いで」

出世払い——タダでものが食べられる、魔法の合い言葉。大好きだったヤンキー漫画の主人公達の口癖が、この『出世払い』だった。みんなこの合い言葉で、タダで飲み食いしていた。

オモニが、すぐに冷麺を持ってくる。銀色の器に冷たいスープ。その中央に麺が盛られている。そして牛肉、豚肉、鶏肉《とり》、錦糸卵が上に載っていた。見るだけで食欲がそそられ、口の中で、よだれがダム湖を作る。

食べてみると、濃厚で冷たいスープが舌を直撃する。具である牛肉、豚肉、鶏肉の他に、牛骨、豚骨を煮込んでダシをとっていると、以前オモニが教えてくれた。

もうこのダシを水筒に入れて、常に持ち歩きたい。貫太の大好物だ。

麺もコシがあって、嚙《か》むたびにプツプツと音がなる。いくらでも食べられそうだ。

「オモニ、うまい！　うますぎる！」

何度食べても、毎回新鮮な感動を味わえる。

「そう言ってもらえて嬉《うれ》しいよ」

オモニが返すと、貫太が惜しそうに言う。

「ほんと学校のやつらも塾なんか行かねえで、この冷麺食べにくりゃよかったのによ」

「貫太、高校で友達はできたのかい？」

「あの学校の連中は、全員俺のこと怖がってるからさ。友達なんてできっこねえ」

「すぐにそれが誤解だってわかるさ。貫太の良さはオモニが知ってるよ。貫太はサンナムジャだからね」

「サンナムジャねえ……」

韓国語で、意味はこうだ。

男の中の男――。

店名にするほど、オモニが好きな言葉だ。

もっとわかりやすく訳せば、ヤンキーだろう。ヤンキーこそ、男の中の男なのだから。

ふと壁のポスターが目にとまった。女性アイドルグループのポスターだ。『ブランケット』と書かれている。

「そういやオモニに訊《き》きたかったんだけどさ、なんでこのポスター貼ってんの？」

この店の雰囲気とまるで不釣り合いなので、前から違和感を覚えていた。

「好きなんだよ。彼女達のダンスと曲が。Ｋ－ＰＯＰアイドルっていう、韓国のアイドルなんだよ」

「へえ、韓国の」

オモニは韓国の人だから、故郷のアイドルが好きなのだろう。

「日本でライブとかやらねえのかな」

「やれたらよかったんだけどね、もう解散したんだよ……」

オモニの表情に陰が差す。この年齢でアイドルに夢中になれるとは、さすがオモニだ。スマホも自在に扱えると言っていたし、とにかく感性が若い。

時計を見るともう夕方過ぎだ。しかし客は、貫太一人しかいない。

最近めっきり客足が減っている。

その原因は、この近くに焼肉チェーン店がオープンしたからだ。

料理の味は、オモニの店に遠く及ばないのだが、何せ安い。今の客はそこそこの味で、安いところを求める。

まあいい。貫太にとっては、空《す》いている方が好都合ではある。ジロジロ見られるのは、学校だけで十分だ。

そこに客が入ってきた。若い男二人で、スーツを着ていた。一応サラリーマン風だが、ガラが悪い。

目の細い、キツネみたいな男が、早速タバコを吸いはじめる。

貫太がそれをとがめた。

「おいっ、この店は禁煙だ」

キツネ男が、貫太を見て目を丸くする。貫太を見たとき、たいていの人がこうなる。

「なんだ、てめえ。なんちゅうコスプレしてやがんだ。時代間違ってんぞ」

「そんなこたあどうでもいいんだよ。とにかくここは禁煙だ」

「ああっ⁉　ここ焼肉屋だろ。どうせ煙出るんだから一緒だろうが」

「ぜんぜん違うだろが。タバコ吸いたきゃ、外に出て吸え」

「うるせえな」

キツネ男は舌打ちすると、タバコを口から離し、ピンと人さし指で弾《はじ》いて捨てた。

その落ちた先は、貫太の食べていた冷麺のスープだ。ジュッと不快な音が響き渡る。

「てめえ！」

グッと貫太が拳を固める。オモニがどれだけ丹誠込めて、このスープを作っていると思っているんだ……。

しかし、その怒りに機先を制するように、

「お客さん、すみませんね」

オモニが深々と頭を下げた。

二人をなだめ、結果、男達はぶつぶつ言いながらも、店を出て行った。

「オモニ、あんなのぶん殴ったらよかったんだよ」

「オモニの店では、タバコも喧嘩沙汰も、どっちもダメだよ」

「……」

たしかに店で騒ぎを起こせば、オモニに迷惑がかかる。

「でもね、お店でお客さんを殴るのは困るけど、お店の外なら大丈夫。外だったらお客さんじゃないからね。街で見かけたらガツンとお見舞いしてやんな」

「なんだよ、それ」

貫太がふきだした。オモニは冗談も好きだ。

オモニが椅子に座った。

「貫太、嫌な気分になっちゃったから、歌を歌っとくれよ」

「しゃあねえな」

人前では絶対に歌わない。

そう決めているが、唯一例外がある。それはオモニがねだったときだ。オモニへの好意は、父親への嫌悪感を上回る。

人気のある韓流映画で使われた一曲を歌う。オモニが好きな歌だ。

今日は喉の調子がいいのか、いつもより高音が出せる。貫太もこの映画を観《み》ている。うまく歌を歌うコツは、歌詞に感情を乗せることだ。

雨は蕭蕭《しょうしょう》と降っている——。

国語の授業で習った詩の一節だった。蕭蕭という言葉は、静かに寂しく降る様子を表す。その一節を聞いた瞬間、銀糸のように細い雨が脳裏に浮かび、寒さで体が震え、グッショリと濡《ぬ》れた靴下の感触がした。

その映画のラストシーンが、まさに雨は蕭蕭と降っている光景だ。そのイメージと主人公の感情を声に込めた。

歌い終えると、オモニが拍手する。

「貫太の歌は最高だよ」

「まあいつでも言ってくれ。オモニのためなら歌うからさ」

そう言って、貫太が親指で鼻を触った。

三

韓国語部の部室に行くと、すでに凪、晴彦、大地の三人がいた。けれど、じいさん先生がいない。

貫太は着席すると、凪に尋ねた。

「先生は？」

「わかんない。いっつも誰よりも先に来てるのにね」

凪が首をひねっていると、扉が開き、見知らぬ女がやってきた。

上下ジャージ姿で、フレームの大きな分厚いレンズのメガネをかけている。髪の毛を一つにくくり、メイクもほぼしていない。色気も素っ気もない女だ。

ざわついていると、彼女が教壇に立った。

「佐久間《さくま》先生は体調を崩されて、しばらくの間私が代役を務めることになりました。殿上七海《とのうえななみ》です。よろしくお願いします」

七海が頭を下げる。声は小さく、覇気も感じられない。

七海が部員達を順番に見て、貫太のところで目をとめた。お決まりの反応だ。

ただ、その瞳に驚きの色はない。気力も感情もないみたいだ。

そのタイミングでもう一人、今度は男子生徒があらわれた。

背がずいぶん高い。貫太と同じぐらいある。姿勢がいいので、より上背《うわぜい》があるように見える。

何より驚いたのが、その端正な顔立ちだ。目と眉がキリッとして、唇が引きしまっている。黒髪が艶やかで、白銀の光の輪ができていた。まるで別世界の住人が迷い込んできたみたいだ。

「先生、まだ入部間に合いますか？」

男が尋ねる。この学校の生徒は五月までに、必ず部活に入る必要がある。今日は五月末だ。

「大丈夫です」

男が入部届を出すと、七海が名前を読み上げた。

「藤野来人《ふじのらいと》君ですね。入部届たしかに受けとりました」

貫太が凪に尋ねる。

「おい、あの藤野ってやつ知ってるか？」

「ほら前に話したでしょ。覚えてない？」

「何をだよ」

「貫太君ともう一人、有名な新入生がいるって。すっごいイケメンって噂の」

「ああ、あいつが」

たしかにあのルックスだと、女子は放っておかないだろう。あいつの周囲には、大量の黄色い声が付着して見える。布団叩きで叩いたらむせ返りそうだ。

来人が隣の席に座ったので、貫太が訊いた。

「よお、おまえ、なんでこんなギリギリに入部すんだよ」

「……」

来人は無言のままだ。ただ他の生徒達のように、貫太に怯えている様子はない。

貫太がにらみつけ、ドスの利いた声をぶつける。

「なんだよ。何か言えよ」

来人が口を開いた。

「その格好は罰ゲームか何かか？　おまえイジメられてるのか？」

ああっ、と貫太が来人の胸ぐらをつかもうとすると、凪があわてて間に入った。

「あれだよね。ギリギリの入部になったのは、女の子達が来人君と一緒の部に入りたがるから、それを避けたんでしょ」

「……そうだ」

なぜわかった、と少し目を丸くしながらも、来人がうなずいた。

「なんだそりゃ」

むかつくやつだ。フン、と貫太は顔をそむけた。


部活を終えると、今日もオモニの店に向かう。

ぶらぶらと商店街をうろつく。ここの商店街は古く、客も老人ばかりだ。だからなのか、貫太の格好を誰も気にとめない。

到着すると、店の前で人がうろうろしていた。扉を開けようとしては、ピタッとその手を止める。それから深いため息をつく。魂が抜け落ちそうな寸前で、なんとか自分を奮いたたせ、また顔を上げて扉に触れ、手を止める。

その行動を何度もループしていた。挙動が不審すぎる。

貫太が、背後から声をかけた。

「あんた、何やってんだよ」

「ギャッ!?」

不審者が悲鳴を上げて、もんどりうって倒れた。その顔を正面から見据えて、貫太は仰天した。

それは韓国語部の代理の先生の、殿上七海だった。

あわてて立ち上がってズボンの砂を払い、ずり下がったメガネを上げる。

「なっ、なんであんたがここにいるの？」

さっきまでとは口調が違って、ずいぶんとさばけている。こっちが本性みたいだ。

「なんでって、この店は俺の行きつけなんだよ」

「えっ、あんたも？」

「なんだよ。先生もここの焼肉と冷麺が好きなのかよ」

「……うっ、うん」

それだけで親近感が湧く。

「じゃあ一緒に飯食うか」

「いい、私は帰るから」

「なんでだよ。今入ろうとしてたじゃねえか。ほらっ、入った、入った」

「ちょっ、ちょっと……」

無理矢理七海の背中を押して、強引に店の中に入れる。

「オモニ、お客さん連れてきたぞ」

オモニがエプロンで手を拭きながら、キッチンから出てくる。

「そうかい。貫太、コマウォ《ありがとう》」

その瞬間、貫太は目を疑った。

七海が急に、なんの前触れもなく、ボロボロと泣きはじめたのだ。

「オッ、オモニ……ごめん。ごめんなさい」

両目からあふれる涙が頬を伝い、顎先で合流する。小川が合わさって大河となるように、その増水した涙の川が、床に流れ落ちていく。豪快で、悲しい音がする、涙の雨……。

「わっ、わたし、スターになれなかった」

鼻水を垂らしながら、七海が声を詰まらせる。

呆然《ぼうぜん》とする貫太とは対照的に、オモニは動じない。いつもの笑顔で、七海を優しく抱きしめた。

「七海、オソワヨ《お帰り》」

いつもの、貫太にもかけてくれる言葉だ。でもこのオソワヨには、深みと重み、そして、とびきりの愛情が込められていた。

「オモニ、オモニ、会いに来れなくて、連絡取らなくてごめんなさい」

ワンワンと子供のように七海が泣きじゃくり、「大丈夫、大丈夫」とオモニが七海の頭をなでる。

その様子を、貫太はぽかんと見つめていた。

「先生、ちったぁ落ちついたか」

貫太があきれ混じりに尋ねると、七海がティッシュで鼻をかんだ。鼻の頭がまっ赤だ。

ただメガネをとったその素顔に、貫太は思わず目を奪われた。

信じられないほど顔が小さい。今気づいたが肌もきめ細やかで、雪のようにまっ白だ。ダムが決壊するほど号泣した後とは思えないほど、綺麗《きれい》な顔立ちをしている。

あのフレームの大きなダサいメガネで、この美貌を隠していたのだ。

七海が、申し訳なさそうに答える。

「ごめん……」

「別に謝んなくていいけどよ……」

そう言いかけて、貫太は声を呑《の》み込んだ。視線の先には、ポスターがある。オモニの好きな、K－POPアイドル・ブランケットのポスターだ。

ギュッと目を閉じて、もう一度ポスターを凝視した。

間違いない。七人グループなのだが、その一人が七海とそっくりだ。

「あんた、まさか……」

口をパクパクさせる貫太に、七海がグスっと鼻をすすった。

「そうよ。私は元ブランケットの『ナナミ』よ」

「マジかよ……」

面食らった。

芸能人に会ったのもはじめてなのに、それがK－POPアイドルだなんて。だいたい韓流アイドルって、韓国にいるんじゃないのか？　なぜ日本で韓国語を教えているんだ？

「七海、お待たせ」

オモニが、テーブルに冷麺を置く。いつもの、芸術的なまでに美しい盛りつけだ。

かぶりつくように、七海が箸をつける。ズズっと勢いよく麺をすすると、ワッとまた泣き出した。

「オモニおいしいよ！　これが食べたかったんだよお！」

せっかく泣き止《や》んだのに、またオイオイとむせび泣いている。

「……おい、皿に涙と鼻水入れんじゃねえぞ」

貫太が注意すると、「たんとお食べ」とオモニがにこにこと笑う。そのつぶらな瞳と目尻のシワには、優しい涙がにじんでいた。

ほどなくして店を出て、オモニと別れるときも、七海はまだ泣いていた。もう体中の水分を出し尽くしたんじゃないだろうか。

貫太と七海で、店近くの公園に向かう。

どちらとも示し合わせるわけでもなく、ブランコをこぎはじめる。

しばらくの間、二人で静かに揺られる。湿気を含んだ夜風を感じ、キイキイという音を聞いていると、七海も落ちついたみたいだ。

頃合いかと口火を切る。

「先生、オモニとどういう関係なんだよ」

ただの客と店主とは思えない。貫太とオモニ以上の、深い繫《つな》がりがある気がする。

ブランコを止めて、七海が答える。

「……私はこの近所に住んでて、子供の頃からオモニの店に通ってたの」


七海の説明はこうだ。

七海も貫太と同様、オモニの焼肉と冷麺を食べて育ってきた。

中学生の頃、七海はあるアイドルグループのライブを見て、激しい衝撃を受けた。

歌とダンスの技術の高さ、同性なのに目が釘《くぎ》づけになる美貌とスタイル、何より可愛いだけでなく、彼女達は、圧倒的にかっこよかった。

彼女達は韓国のアイドルだった。Ｋ－ＰＯＰアイドルという言葉も、そのときはじめて知った。

私も、Ｋ－ＰＯＰアイドルになりたい！

そう考えた七海は、オモニに相談した。

「七海ならきっとＫ－ＰＯＰアイドルになれるよ」

一切の躊躇《ちゅうちょ》もなく、オモニは背中を押してくれた。

七海は、歌とダンスの練習をはじめた。七海の両親も不思議がりながらも、ダンス教室に通うことを許してくれた。

ある程度実力が付いたところで、七海は、事務所のオーディションを受けた。

そこは韓国のタレント事務所だ。社長のソフンという人物は、オモニの知り合いだそうだ。そのツテをたどったらしい。

七海はそのテストに合格し、アイドルの練習生になる権利を得た。

ただそこで、七海の両親が反対した。七海は高校には行かず、韓国に行くというのだ。練習生が、確実にデビューできる保証はどこにもない。親ならば、反対して当然だ。七海と両親は大喧嘩した。そこで間に入って両親を説得したのが、オモニだった。不思議なほど、両親はオモニの話に耳を傾けてくれた。

オモニのおかげで、七海はＫ－ＰＯＰアイドルの夢を追うことができた。

ただし両親は、七海に条件を出した。

二十歳《はたち》までにデビューできなければ、あきらめろというものだ。

七海はその条件を呑んで、韓国に旅立った。

オーディションに受かったんだから、デビューもできるだろう。

話を聞いて、貫太はそう思っていたが、アイドルの世界は、そんなに甘いものではないらしい。事務所に所属して練習生になるのも大変だが、デビューする難しさはその比ではない。今度は周りの全員が実力者である、練習生同士での勝負となる。

毎月のように査定があり、その査定で低評価が続くと、事務所をクビになる。

七海は韓国という異国の地で、毎日のように、ダンスと歌の練習に励んだ。寝る時間以外はレッスン漬けという、過酷な日々を送ったのだ。

さらに七海の事務所では、数年間ガールズグループを作っていなかった。

本当にデビューできるのか？　そんな先の見えない不安と戦いながら、七海は十九歳になった。両親との約束の期限まで、あと半年と迫った。もうダメだと何度もあきらめかけたが、そのたびにオモニが励ましてくれた。オモニとのＬＩＮＥが、七海の唯一の心の支えだった。

そして、奇跡が起きた。

事務所がガールズグループを作り、そのメンバーに七海が選ばれたのだ。

七海は号泣しながら、オモニに報告したそうだ。本当によく泣く人だ……。

グループ名は、『ブランケット』だった。


いつの間にか、貫太はブランコを止めて話に聞き入っていた。長時間チェーンを握りしめていたので、手が鉄《かな》くさい。まるで、冒険譚《たん》を聞いている気分だった。

「デビューできてよかったじゃねえかよ」

「……最初のうちはね」

七海が、肩と声を沈ませた。

「デビュー曲もヒットして、いろんなメディアも取り上げてくれて、ライブも常に満員、チケットもソールドアウト。みんな大喜びだったし、オモニも喜んでくれた。でも半年後に大きな壁が出現したの」

「壁？　なんだよ」

「大手事務所からあるガールズグループがデビューしたの。グループ名は『ニューピーチ』。正直認めたくないけど、私達よりもルックス、キャラクター、ダンス、歌唱力、楽曲、アレンジ、事務所の規模、スタッフの能力、メディア対応、メディア戦略……ルックス、キャラクター、ダンス、歌唱力」

「おい、多すぎてループしてんぞ」

七海が、お手上げのポーズをする。

「とにかく負けも負け、大負けだったの。簡単にいえば、ニューピーチはブランケットの豪華版のグループだった」

「あっちは高級ブランド毛布ってわけか」

「……うまいこと言わなくていいのよ」

素顔の七海は、貫太が出会った中で一番の美人だ。街を歩けば、百人中百人が振り返るレベルだろう。

でもアイドルの世界ともなると、七海でも普通になってしまうのか……。

練習生同士の競争に勝ってデビューしても、次はプロのアイドル同士の競争となる。なんて厳しい世界なんだろうか。芸能界の恐ろしさを、貫太はかいま見た気がした。

「あっという間に、ブランケットの人気は落ちていったわ。私達のファンは、ニューピーチに根こそぎ奪われた。うちの事務所は小さくはなかったけど、相手は韓国では最大手の事務所だからね。同じコンセプトでやられたら、もう太刀打ちできなかった。そこでうちの事務所は、こんな決断をしたの。

ブランケットを解散して、グループで一番人気の『ソジン』をソロで再デビューさせるって」

「……解散してソロって、じゃあ先生を含めた他のメンバーはどうなるんだよ？」

七海が、手をヒラヒラさせる。

「当然お払い箱よ」

「ひでえな」

「でもそれがアイドルの世界なのよ。ソジンは私達のグループで唯一、ニューピーチに対抗できた」

ソジンとは、ポスターのまん中にいた人だろう。たしかに彼女が一番華があった。

「というかそもそもソジンがいなければ、事務所もブランケットを作ろうとは思わなかった。ソジンだけがレベルが違ったもの。それは私達もわかっていたわ。

ソジンをソロにして、仕切り直す。私が事務所の上層部でもそうするわ」

「義理も人情もねえな」

ヤンキーの世界とは大違いだ。

「K－POPは韓国のみならず、グローバルで戦える才能の持ち主しか生き残れない過酷な世界よ。義理や人情なんてものがあるわけないでしょ」

「……だから先生は日本に帰ってきたのかよ」

「そう」

キイ、と軽く七海がブランコをこぐ。

「本当は日本に帰ってきてすぐに、オモニに会いたかった。オモニの冷麺と焼肉を食べるのを、韓国でいつも夢見ていた。オモニの冷麺ほどおいしいのは、本場の韓国にもなかった。でも、ずっと行けなかった……」

「なんでだよ。先生が会いに来たら、オモニも喜ぶだろ。ずっと連絡取ってたんだろ」

七海がしょんぼりする。

「取ってなかった……オモニからＬＩＮＥが来ても私は返さなかった」

「なんでそんなことすんだよ」

「ブランケットの人気が落ちはじめて、オモニをがっかりさせたと思ったから。あれだけ応援してもらってたのに、申し訳なくて……また人気が復活したら返信しよう。そう思ってたけど、結局ブランケットは……」

語尾が消え入りそうになる。オモニの期待を裏切った自分を、七海は許せなかったのだ。

「オモニは何度か連絡くれたけど、私が返信しないから、いつの日からか連絡がなくなった。きっとオモニは、怒って私に愛想を尽かしたんだ」

「オモニがそんな風に思うはずないだろ。先生が連絡する気になるまで、待ってくれてただけだろ」

ハアと、七海が湿った息を吐いた。

「今考えるとね……でもさっきまではそうは思えなかった。会いたいけど会えない。帰国してから毎日、今日こそは店に行こうと思ったけど、その勇気が出なかった。

今日は意を決して店の前までは来れたけど、私一人じゃ絶対入れなかった。あんたが強引に店に入れてくれたから、オモニに会えた。あらためて礼を言うわ。コマウォ《ありがとう》」

七海が微笑み、貫太は照れ臭くなった。

「こういうときは、韓国語でなんていやあ言いんだよ」

七海はふふっと笑った。

「次の授業で教えるわ」

そう言うとブランコをこぎはじめる。さっきよりも勢いがあった。少し元気になれたみたいだ。

貫太もまねして、ブランコをこぎ出した。

「そういや先生、なんで元アイドルが学校の先生やることになったんだよ」

「帰国して家に引きこもってたら、お母さんに怒られたのよ。何もしないんなら、韓国語の先生やれって。前の佐久間先生は、お母さんが昔いた学校の同僚なのよ。うちのお母さんは教師だから」

「なるほどな」

「あっ、あんた、私がブランケットのメンバーだったたって絶対言わないでね。バレたらいろいろ面倒だから」

「ああ、だから変装でそんなダサい格好してんのかよ」

七海がぶすっとした。

「これは私の普段の格好なんだけど……まあいいわ。とにかく内緒にしといて」

普通の高校に、こんな美女があらわれたら大騒ぎになる。元韓流アイドルならばなおさらだ。

「わかったよ。口は固いから安心しろ」

七海が視線を上げて、貫太の髪を見る。すると、グシャグシャと貫太の髪をほぐした。リーゼントがくずれる。

「何すんだよ」

口をとがらせる貫太を、七海がじっと見つめている。

「なんだよ。気味わりいな」

「なるほどね」

七海が、なぜか不敵な笑みを浮かべていた。

四

貫太が屋上に行くと、新堂がフェンスの近くにいた。貫太の存在に気づかず、夢中でスマホを触っている。

貫太が、そっと背後から声をかけた。

「先生、何やってんだ？」

「うおっ！」

新堂が仰天して、スマホを落とした。画面には女性の写真と、メッセージらしきものが見えた。

素早く新堂がスマホを拾い、チラッと貫太の様子を窺《うかが》う。

「……見たか」

「まあな。先生の奥さんか」

「ふざけんな！　何、俺の最終目標を、気楽な感じで言ってんだ」

唾を飛ばさんばかりの勢いで、新堂が怒鳴った。

「じゃあなんだよ」

新堂がもじもじする。

「……マッチングアプリだ」

貫太はスマホを持っていないが、その言葉は聞いたことがある。

「俺は夢の結婚に向けて安月給をやりくりし、貯金もしてるんだ」

夢が結婚という感覚が、どうもピンとこない。

「じゃあ先生、どんな女性がタイプなんだよ」

「理想か現実か、どっちを答えればいい？」

面倒な人だな……。

「理想でいいよ」

「そうだな。俺の理想はＫ－ＰＯＰアイドルだな」

貫太は目を丸くした。

「先生、Ｋ－ＰＯＰアイドルが好きなのか？」

「しっ、声がでかい。先生がＫ－ＰＯＰアイドル好きだなんて他の生徒にバレたら、気持ち悪がられるだろ」

「そうだな。ただでさえ先生、女子に気持ち悪がられてるもんな」

「……えっ、そうなの？　そういう情報は、ダイレクトで先生の耳には入れないで……」

ショックを受ける新堂を無視して、貫太が続ける。

「なんでＫ－ＰＯＰアイドルが好きなんだ？」

「完成されたルックス、ダンス、歌。とにかくすべてがいい。日本のアイドルは親しみやすい身近な感じが売りだが、韓流アイドルは別世界って感じがするだろ。それが先生にはグッとくるんだよ。なんか天女が現世に降臨したみたいな感じで」

クタクタになって家に帰って、推しのＫ－ＰＯＰアイドルの全ＳＮＳをチェックしながら、グイッとビールを飲む。推しにチャート一位をとってもらうために、くり返しネットで曲をリピートする。それが先生の至福の一時だ」

新堂が饒舌《じょうぜつ》になる。若干貫太は引き気味だ……。

「じゃあ先生、ブランケットって知ってるか？」

「なんだ、おまえブランケットペンか？　どうした。『転生ヤンキーが、K－POPアイドルの推し活してみた件』か？」

「うるせえよ。俺だってアイドルの一つや二つ知ってんだよ。だいたいペンってなんだ？」

「ファンのことだな。韓国語じゃファンのことをペンって言うんだよ」

新堂が手を叩いた。

「なるほど。それで韓国語部に入部したのか。先生、不思議だったんだよ。もっと人気の部があるのにって。K－POPを堪能《たんのう》するためか」

「先生が、マイナーな部に入れって命令したんだろうが」

イラッとした貫太を、新堂がスルーした。

「ブランケットはニューピーチの劣化版って言われてたけど、先生は好きだったな。センターのソジンはソロになっても大人気だもんな」

「七海はどうなんだよ？」

「何？　おまえナナミペンか？　もしかしてマスターか？」

「なんだよ、それ」

「まあ、ペンのトップみたいなもんだな。マスターが推しの情報や画像をネットにあげるんだ」

先生、K－POPアイドルが好きなのか？

何気ない質問だったが、次から次へと謎の単語があふれ出てくる……。

「いや、ナナミはダチが好きだったんだよ」

貫太が、もごもごとごまかす。

「ナナミ好きなんて、なかなかしぶいな。先生はブランケットなら、ソジン一択だけどな」

「ソジンって一番人気だろ。ベタだな」

「うるさい。自分に正直なだけだ」

「ナナミは人気なかったのか？」

「ナナミの人気は下から数えた方が早かったけど、先生は応援してたぞ。ナナミは、ブランケットで唯一の日本人だったからな。日本人がK－POPアイドルになろうと思ったら、韓国人以上に努力しないとなれないからな」

「なんでだよ」

「そりゃK－POPは基本韓国語で歌うんだからな。韓国語を完璧に覚えないとダメなんだよ。それだけで、韓国人よりもハンデを背負ってる。韓国という異国の地で、必死に努力したから、ナナミはデビューできたんだよ」

「そっか……先生頑張ったんだな」

新堂が首をひねる。

「先生？　俺がいつ頑張った？　自慢できないが、先生は人生で頑張ったことは一度もない」

「断言すんなよ……」

新堂が、貫太の肩に手を置いた。

「春井戸、ついに喧嘩を卒業して、次の目標が見つかったんだな」

「……なんだよ」

「安心しろ。先生がおまえを立派な推しに育ててやる。ペンフレンド、いや、推し活師弟として契りを結ぶぞ。とりあえず日曜日、一緒に新大久保に行こう。あそこは韓流の聖地だからな」

「……遠慮しとくよ」

貫太は、サッと新堂の手を振り払った。


放課後になって、韓国語部の部室に入ろうとすると、七海と女子生徒数人がもめていた。七海は、いつものメガネとジャージ姿だ。誰も元アイドルだなんて思わないだろう。

「先生、私達、韓国語部に入りたいんです。お願いします」

女子達は必死の形相《ぎょうそう》だ。対する七海は、うんざりしている様子だ。

「だから学校の規則で、六月から部活を変えるには、何か特別な理由がないと無理なの。あなたたち、もう部活を決めてるでしょ」

もう一人の女子が、手を合わせて懇願する。

「お願いします。私達韓国大好きなんです。キムチもビビンバもトッポギも大好物です。だから韓国語を勉強したいんです」

「そんなに韓国語を勉強したいんなら、もっと早く入ったらよかったじゃない……」

「急に、とうとつに、神のお告げ的に、韓国が好きになったんです。ねっ、みんな」

彼女が振り返ると、女子達がいっせいにうなずく。

七海がフウと、あきれ混じりに言う。

「そんな変な嘘つかなくていいわ。藤野君が目的でしょ」

「はい、そうです。来人君と一緒の部活がいいんです」

彼女が秒速で、前言を撤回する。なんて切り替えの速いやつだ。

教室を覗くと、張本人の来人が着席していた。聴覚を失ったように、我関せずといった様子だ。

するとと彼女が、指揮者のように合図を出した。

「さん、はい。アニョハセヨ！！！」

全員で声をそろえる。窓ガラスが割れそうなほど声がかん高い。耳がキンとした。

「そんな全力でこんにちはって言われても……」

そう七海が脱力した。


「これからあの手の女子が来たら、貫太がなんとかしなさいよ。あんたが言ったらクモの子散らすように逃げるでしょ」

冷麺をすすりながら、七海が命じる。

部活を終え、貫太と七海がオモニの店で合流する。あの日以来、七海は毎日「サンナムジャ」に足を運んでいる。

七海と同じく、貫太も冷麺を口にする。何度食べても感動的にうまい。

「なんで俺が、そんな面倒なことしなきゃなんねえんだよ。廊下にバリケードでも作っとけよ」

「まあ彼女達の気持ちもわかるけどね。あんなルックスの子が同じ学校にいるんだから。あの子たちが教えてくれたんだけどね。藤野君、ニューヨーク育ちなんだって」

「ニューヨーク？」

貫太の脳裏に、自由の女神と黒人のラッパーがよぎった。

「ニューヨーク育ちが、なんでこんな地方都市の高校に来んだよ。ブロードウェイでミュージカルでも見とけよ」

「あのルックスでそんな経歴だから、そりゃみんな夢中にもなるか」

「……そういや大地が、『格差社会ここに極まれり』ってぶつぶつ言ってたな」

同じ韓国語部の、柏木大地だ。大地が生まれ変わりたいのが、来人だろう。

七海が辺りを見回す。

「……それより、今日もお客さん私たちしかいなくない？」

やっと気づいたか。オモニは買い出しで外に出ている。今は二人で留守番中だ。

「近くに大型の焼肉チェーン店ができて、そっちに客とられてんだよ」

「嘘でしょ。オモニの焼肉と冷麺の方が絶対においしいのに、何か他に理由があるとしか思えないわ」

七海がスマホで検索する。そこで、あっと声を上げた。

「何これ？　『普通に食べてたら、リーゼントのヤンキーにからまれた。ここは客層が終わってる。店主のバアさんも、特に注意することなく放置。激ヤバ店。絶対行くな』だって」

「なんだと」

貫太が、七海のスマホを取り上げる。七海が調べたのは、評価サイトのようだ。点数もかなり低い。ギリギリと貫太が奥歯を噛みしめた。

「あの野郎……ふざけやがって」

憤怒《ふんぬ》に燃えていると、七海が説明を求めた。

「このヤンキーって貫太のことでしょ。あんた何したのよ」

「店でタバコ吸ってる奴らがいて、冷麺のスープに吸いがら捨てやがったんだ。それを俺が注意しただけだよ」

「スープに、吸いがらを捨てた……」

七海が急に黙り込んだ。拳を握りしめて微動だにしない。

そろそろと貫太が、七海を覗き込む。

「先生、どうした？」

眉と目がつり上がり、火ぶくれになったように、顔が紅潮している。その熱気に、貫太は怯《ひる》んだ。

「貫太、そいつらぶっ殺す！　どこよ、どこにいるの」

七海がガタッと立ち上がり、外に飛び出そうとするので、貫太があわてて止めた。

「先生、落ちつけよ。居場所なんかわかんねえって」

「オモニがどれだけ丹誠込めてこのスープ作ってるかわかってやってんの？　しかもこんなクソみたいな書き込みしやがって！」

癇癪《かんしゃく》のあまり、店が壊れそうなほど叫んでいる。

貫太も喧嘩っ早いが、どうやら七海も相当なようだ。

「先生、この書き込み消せないのかよ」

「それができたらお店もアイドルも苦労しないわ。ネットで悪評書かれるのが、一番ダメージ食うって、この手の連中は知り尽くしてるのよ」

ならばとっ捕まえて、高評価に書き直させるか……。

そんなことを考えていると、オモニが帰ってきた。

「二人とも待たせたね。今から焼肉の用意するからね」

貫太がもみ手する。

「待ってました。肉、肉」

まあネットの評価なんてどうでもいい。まずは食欲だ。

七海が頬杖《ほおづえ》をついた。

「冷麺はともかく、よくそんなに焼肉食う金あるわね。あんたバイトしてんの？」

「やってねえよ。だいたいうちの学校、バイト禁止じゃねえか、出世払い、出世払い」

「うわっ、最低」

ゲッと七海が顔をしかめる。

「先生もやれよ。出世払いって言や、タダで飯食えるんだからよ」

「はっ？　あんたね。出世払いって、ツケ、借金よ。いつか出世したら払うっていう意味だってことぐらいわかるでしょ」

しゃっ、借金——あわわと貫太が動揺する。

「うっ、嘘だろ。だってヤンキー漫画の主人公が、出世して金払ってんのなんて見たことねえぞ……」

七海があきれ果てた。

「……あんたアホなの。そんなシーン誰も読みたがらないでしょ」

貫太が、オモニに助けを求める。

「嘘だよな、オモニ、嘘だよな……」

オモニが、ニコッと首を横に振る。

「七海の言うとおりだよ。全部借金だよ」

貫太が、ゴクッと生唾を飲み込んだ。

「……全部でどれぐらいだ？」

オモニが指を一本立てる。

「だいたい百万円だね」

「ひゃっ、百万⁉」

頭がくらくらし、足元がふらついた。

「ひゃっ、百万って家が建つ値段じゃねえか」

「建つか」

七海がツッコみ、貫太はオモニの肩をつかんだ。

「オモニ、俺、まだ学生だから払わなくていいよな。出世どころか、働いてもないからな」

「私も老い先短いからね。貫太が出世するまで待ってられない。そうだね。そろそろ払ってもらおうかね」

オモニがキッチンに行くと、シャッシャッと音を立てた。その不気味な音色に、貫太はぞわぞわした。

「……あれっ、包丁研いでるよな」

「……たぶん」

七海も青ざめている。払えなければ俺を殺して、山にでも埋める気なのだろうか。

音が止むと、オモニが戻ってきた。貫太がおそるおそる言う。

「オモニ、今包丁研いでなかったか？」

「ああ、ちょっと思い出してね」

いったい、何を思い出したんだ……。

オモニはテーブルの上に、いつの間に持ってきたのか、チラシを一枚置いた。

「いいバイトがあるよ。地下施設での強制労働。夏休みとかに行くといいかもね」

ヘルメットをかぶった男が苦悶《くもん》の表情を浮かべ、ツルハシを振るっている。飛び散る汗が灰色だ。その背後では、黒ずくめの男が鞭《むち》を振るっていた。

ガタガタと震えながら、貫太がオモニを見る。

「オモニ、冗談だよな」

オモニの笑いジワが、スッと消える。

「本気だよ。本気で百万、作ってもらうよ」

落ちくぼんだ目が、ギラッと怪しく光った。

恐怖のあまり、貫太はヒッと声を漏らした。

パンッと、七海が貫太の後頭部をはたく。

「アホか。こんな施設がどこにあんのよ」

「何？　どういうことだ？」

貫太が目を白黒させると、七海が口元に笑みを浮かべた。

「オモニ、貫太をからかっちゃダメじゃない」

「ついね、つい」

オモニが笑顔に戻り、七海がチラシを手に取る。

「これどうしたの？」

「うん？　画像生成ＡＩでちょいちょいとね」

「ほんとオモニってそういうの強いよね。スマホも自在に使えるし」

七海が感心し、「なんだ。冗談かよ」と貫太がほっとするが、

「でも貫太、百万はきっちり払ってもらうよ。そうだね、期限を決めよう。一年以内だね」

「マジか……」

禁止されているが、どうにかバイトするしかないのか……貫太が絶望していると、

「あと、こんなのがあるよ」

オモニがテーブルの上にもう一枚、チラシを置いた。貫太はそれを読み上げた。

「高校生パフォーマンスコンテスト」

オモニが、チラシの一部分に指を置いた。そこにはこう書かれている。

「賞金『百万円』！」

貫太が、思わずチラシを手に取った。

次に七海がチラシを奪い取り、軽く目を通す。

「でもパフォーマンスって、あんた何ができんの？　ヤンキー座りで優勝はできないわよ」

貫太は言葉に詰まった。

「……喧嘩ってパフォーマンスになんねえかな」

「はいはい、無理無理。オモニ、こいつ今から地下施設連れて行こっ」

「生徒に強制労働させるって、どんな先生なんだよ」

貫太と七海がもめていると、オモニが頼んだ。

「貫太、歌っとくれ」

「えっ、やだよ。先生がいるじゃねえか」

歌を披露するのは、オモニの前だけだ。

オモニが、にんまりと別のチラシを見せる。冷酷そうな医者が手術をし、患者が泣きわめいていた。

「臓器でも売るかい？　貫太」

「……わかったよ。歌うよ」

屈託のない笑顔で、どんなおっかない台詞を吐くんだ……。

水を飲んで喉を潤すと、オモニと七海が聴く態勢をとる。

早速、貫太は歌い出した。

最初は七海の存在が気になったが、途中から歌の世界に入り込んだ。

歌は気合いと心だ。想いを歌に込めれば、どこまでも遠くに行ける気がする。

貫太が歌い終えると、オモニが拍手した。

「いい歌だったよ。どうだい、七海？」

オモニの呼びかけに、七海がハッとした。

「うっ、うん。まあまあね」

「まあまあかよ」

不満げに貫太が言うと、七海がフォローした。

「あんたね、プロから見てまあまあなんだから、結構凄《すご》いってことよ」

「まあそれならいっか」

「そんなことより、いいこと思いついたわ」

フフフと不敵に肩を揺する七海を見て、貫太は嫌な予感がした。

五

今日は部活の日だ。

部室に行くと、いつものように全員がそろっていた。

凪、晴彦、大地、そして来人だ。

四人とも一言も口を利いていない。この中でまともに会話が成立するのは、貫太と凪だけだ。

貫太が席に座ると、七海があらわれ、意気揚々と言った。

「みなさんにご報告があります。本日をもってこの韓国語部は廃部となります。跡形もなく粉々に」

他の面々は動揺しているが、貫太は平然としている。この件は、昨日耳にしていた。

七海がクルッと後ろを向いた。黒板に何やら文字を書きはじめる。そこにはこう書かれていた。

『K－POP部』

七海が正面を向き、パンパンと手についたチョークの粉を払った。

「今日からここは韓国語部あらため、K－POP部となりました。みんなよろしくね」

虚をつかれすぎて、みんなが硬直した。呼吸音も消えて、部屋が深い沈黙で覆われる。

一秒、二秒、三秒、四秒……五秒目で、凪がおずおずと尋ねた。

「K－POP部って、一体何をするんですか？」

「もちろん、韓国語で歌ってダンスをするのよ。目標は高校生パフォーマンスコンテスト、そこで優勝するの」

みんながどよめく中、貫太は不機嫌そうに頬をふくらませた。

韓国語部を、K－POP部にする——。

昨日七海は、勝手にそう決めた。

百万円の借金返済のため、貫太はコンテスト優勝を目指す。

高校生パフォーマンスコンテストは、誰もが知っている有名なコンテストだった。

テレビ局主催で、人気番組として放映されている。これまで、プロの歌手やダンサーも多数輩出していた。

　有名な番組なだけあって、全国の高校から参加者が殺到する。コンテストに出場するだけでも、信じられない競争率を勝ち抜く必要がある。

　韓国語部の部員達でK－POPアイドルグループを作り、コンテストに出場して、歌とダンスで勝負する。それが、七海のアイデアだった。

　プロの私が教えるんだから大丈夫でしょ、と七海は胸を張った。

　大勢の人の前で歌う。それだけでも怖気《おぞけ》を震うほど嫌なのに、アイドルグループでダンス……。

　さらに七海から提案されたのは、その大会で優勝して、オモニの店を宣伝することだ。

　衣装の背中に、『サンナムジャ』の店名を入れて、歌ってダンスをする。

　人気番組だからその宣伝効果は破格だろう。思い出の店を助けたい。そんなストーリー性も合わさり、SNSでもバズって、一躍有名店になる。そういう魂胆だった。

　仕方ねえと貫太が席を立ち、やぶれかぶれの気持ちで言う。

「みんなとりあえずやるぞ。わかったな」

　凪が、遠慮がちに手を上げた。

「やりたくないって言ったら……？」

　七海が、首をかっ切る仕草をした。

「おまえたちに拒否権はない。死ぬかやるかの二択だ。デッドオアアライブ」

　来人がスクッと立ち上がり、扉へと歩き出した。そこではじめて、七海があわてる。

「ちょっとどこ行くのよ」

「俺はそんなことできない。別の部に移る」

俺も、僕も、と大地、晴彦が手を上げると、七海が態度を豹変《ひょうへん》させた。

「ちょっと待ってよ。みんなとりあえず、冷静になって話し合いましょ。藤野君も座って、座って。ねっ、ねっ」

しかたなさそうに、来人が戻って着席する。

「春井戸君、二人で話があります。ちょっと廊下に出なさい」

七海が命じ、しぶしぶ貫太はそれにしたがう。

廊下に出ると、七海がおろおろしだした。

「ねっ、どうしよ。みんなすっごい嫌がってるんだけど」

「……当たり前だろ。そんな派手なことやりてえやつが、こんな地味な部に入るかよ。俺だって死ぬほど嫌なんだぞ」

七海が指を一本立てる。

「百万円！」

「わかってんだよ。俺はやるって言ってんだろ」

「なら、あんたも説得に協力しなさいよ」

「まあ、やってみるけどよ。あいつらがパフォーマンスコンテストに参加する動機がねえだろ」

「じゃあどうすればいいのよ？」

「……」

しばらく考えてから、貫太は閃《ひらめ》いた。

「先生に頼みたいことがある」

貫太が教室に戻ると、凪が訊いてきた。

「あれっ、先生は？」

「一時間ほど自習だってよ」

そう伝えるや否や、貫太が手を合わせて頼んだ。

「みんな、コンテストで優勝したら百万円もらえるんだ。頼む、一緒にやってくれ」

晴彦と大地が顔を見合わせる。あきらかに嫌そうだ。

「なんで嫌なんだよ」

むっとする貫太に、大地がしぶしぶ答える。

「俺がダンスなんかやったらいい笑いもんだ」

「僕も……絶対笑われる」

うつむきながら、晴彦が同意する。なんて陰気くさい連中だ。闇の世界の住人か？

貫太が凪に顔を向ける。

「凪、頼む」

「でも僕、勉強が……」

「まだ俺達一年生だろ。勉強ばっかしてどうすんだよ」

「だいたいK－POPってさ、一体どうやるの？　韓国語はまだしも、ダンスなんて僕できないよ。貫太君はできるの？」

「いや……」

「なら、教える人もいないし」

「教える人はいるんだよ」

そこが、この無茶な計画の唯一の勝ち筋だ。

しばらくすると、ガラガラと扉が開く音がした。カツカツというヒールの音が響く。

七海があらわれたのだが、さきほどとは打って変わった格好だ。十センチはあるハイヒールに、黒いショートパンツと、お腹《なか》を見せた黒いシャツ。一切の贅肉《ぜいにく》のない見事な腹筋も見える。

メガネを外し、髪型もセンター分けにして、おでこを出している。メイクもバッチリだ。

教室という空間が今、ステージに早変わりした。七海の全身から、金色のオーラが噴出している。古ぼけた教室全体が、一気に華やいだ。甘い匂いが胸をゆさぶる。

これが本物のアイドルなのか――。

七海が、アイドル時代の姿で教室に登場したら、みんな見惚《みと》れて首を縦に振る。

貫太がそう提案したのだが、まさか七海がここまで変貌するとは思わなかった。

凪、晴彦、大地は、仰天しすぎて硬直している。特に大地は、今にも卒倒しそうだ。

普段は表情を変えない来人ですら、驚きを隠せないでいた。

もし新堂がいたら、確実に心臓が止まっていただろう。何せ、本物のＫ－ＰＯＰアイドルが登場したのだ。

大地が声を震わせた。

「だっ、誰ですか。女神ですか？　俺死んで、異世界に転生したんですか？」

何言ってんだこいつ、と貫太は口にできない。本当に、それぐらいのインパクトがある。

七海が、そこで口を開いた。

「私は」

その声で、全員が七海だと気づいた。

「私は、K－POPアイドルグループ・ブランケットの元メンバー。この私が教えるんだから、文句ないでしょ」

「本物の……アイドル……」

大地がぽかんとなり、凪と晴彦の目が点となっている。

そこで貫太が口を添える。

「プロのアイドルが教えてくれるんだから、素人の俺らでもなんとかなる。みんな、コンテストで優勝してスターになろうぜ」

「やる！　俺、やーる!!」

ガタンと椅子を倒して、大地が立ち上がった。

「先生、俺、やります。先生のためにやります！」

蒸気機関車のように、鼻から熱い息を吐いている。興奮しすぎて、顔が完熟リンゴみたいだ。

「そっ、そう……別に私のためにやらなくていいけど、頑張りましょ」

あまりの勢いに、七海がひいている。

「先生、K－POPアイドルになったらモテますか。俺みたいな太ってイケてない、性格、限界までしぼった雑巾ぐらいねじれてるやつでも、彼女できますか」

「できるわ。彼女ぐらい、何人でも作れるわ。ハーレムも建設できる」

「よっしゃ。夢だ。夢が叶《かな》うぞ！」

適当に答える七海だったが、大地は喜びのあまり、教室を駆け回っている。

大地がピタッと止まり、むんずと晴彦の肩をつかんだ。

「おまえもやるよな、なっ」

「えっ⁉　うっ、うん」と完全にその勢いに、晴彦が飲み込まれる。

貫太と七海が、熱い視線を凪に向ける。凪が、観念したようなポーズをとる。

「……わかったよ。やるよ」

よしっ、三人ゲットだ。あとは……。

貫太が来人を見ると同時に、来人が立ち上がった。

「俺は絶対に嫌だ。やらない」

貫太が憤然として訊いた。

「なんでだよ。本物のアイドルが教えてくれるんだぞ。グループではそこまで人気なかったけど、本物だぞ」

七海が顔をしかめた。

「……人気がないは余計でしょ」

「嫌なものは嫌だ」

頑《かたく》なな来人に、貫太がしぶしぶ提案する。

「わかった。五万、五万円はおまえにやる」

仕方ない。五万円は土木作業で稼ごう。

来人がため息をつく。

「おまえ、五等分だったら二十万円だろうが。それに金なんかいらない」

「じゃあおまえは何が嫌なんだよ」

「K－POPアイドルになるなんて、そんな目立つことやれるわけないだろ」

スタスタと教室から出て行ってしまう。教室が、しーんと静まり返った。

貫太が、七海をじっと見る。

「……先生じゃあ力不足みたいだったな」

クワッと目を見開き、七海が般若《はんにゃ》の形相になる。

「何言ってんの。バチッと決めた格好になったら、絶対全員首を縦に振るってあんたが言ったんじゃない！」

「そうだ。一番人気のソジンって人連れてきてくれよ。それだったら来人もやる気出るだろ」

「あんた、ぶん殴られたいの！」

七海が本性を剥き出しにしたので、大地と晴彦がびびる。

それでも貫太と七海が、ギャアギャア言い合っていると、凪が間に入った。

「きっと、来人君、目立つのが嫌なだけだよ。ほらっ、ただでさえ女の子に追いかけ回されてるのに、来人君が歌とダンスなんてやったら、とんでもない騒ぎになるよ」

「たしかに……」

貫太も同意する。歌って踊ったりなんてすれば、あの女子共が、ゾンビのごとく殺到してくるだろう。「イッ、ケ、メェン」とキャーキャー言いながら。

「じゃあ来人はあきらめるか。俺ら四人だけでやろう」

七海が苦い顔で応じる。

「……まあ、仕方ないわね」

「じゃあ俺ら四人でK－POP部始動だな」

貫太がそう言うと、凪と晴彦が複雑な表情をしているので、「なっ」と強く声をかけると、しぶしぶと二人がうなずいた。

百万円への道がどうにか繋がった、と貫太はほっとした。

六

「さっ、今日から実際に練習をはじめるわよ」

七海が腰に手をあてて、声高らかに言った。

髪の毛を後ろでくくり、分厚いレンズのメガネをかけ、ジャージを着ている。いつものダサいスタイルだ。

貫太達も全員、体操服に着替えていた。もちろん、来人は来ていない。

大地が不満そうに言う。

「……先生、この前の格好はもうされないんですか？　あっちの方が、俺達のやる気スイッチが入るんですが」

「なんだ、大地？　てめえなんか文句あんのか？」

七海がにらみつけたので、「なんでもありません。俺、先生のジャージ姿チョアヘヨ《好きです》」と大地が震え上がった。

元アイドルじゃなくて、元ヤンキーじゃないのか？　そうとしか思えない。

七海が手を叩く。

「とりあえず全員のダンスのレベルをチェックさせてもらうわ。まずこれを踊って」

七海が、タブレットで四人に動画を見せる。Ｋ－ＰＯＰではなくて、日本の女性アイドルグループの曲だ。

振りつけがいかにもアイドルらしくて可愛《かわい》い。ピンクなどのパステルカラーのイメージだ。最後に、彼女達が手でハートマークを作って、曲が終わった。

ブルブルと貫太がうち震えた。

「ふざけんな！　こんなの踊れるか」

「何言ってんのよ。これは振りつけが簡単で老若男女誰でも踊れるわ。Ｋ－ＰＯＰの男性グループでも、こういう可愛い曲があるし。貫太、あんたなんでもやるって言ったでしょ。嘘つくのが、ヤンキーのやることなの？」

「……クソッたれが」

貫太が吐き捨てる。

「じゃあ各自スマホで動画を見て練習して、覚えた順に披露すること」

そう言われ振りつけを覚えようとするが、まるで頭に入らない。ダンスなんてやったことがないのだから当然だ。

二十分後、まず凪が披露する。なんとか踊れてはいる。いつもの笑顔で、手でハートマークを作った。

七海が満足そうに微笑む。

「いいわね、凪。オンマ《ママ》に好かれそう」

いつも凪はヘラヘラと笑っているが、まさかそれが、Ｋ－ＰＯＰアイドルで活《い》きてくるとは……。

次は晴彦だ。晴彦は、元々この曲とダンスを知っていたようだ。ただ、終始もじもじしていて、振りがとにかく小さい。

七海が、しぶい顔で指摘する。

「晴彦、もっと身振り手振りを大きくしなさい。わかった？」

「……」

晴彦は無言で顔を赤くして、しゅんとなる。

その次は貫太だった。時間はかかったが、なんとか振りつけを覚えることはできた。

音楽に合わせてダンスをするものの、ぎくしゃくしてしまう。まるでロボットだ。

大地も挑戦するが、貫太以上にひどい。中盤からハアハアと息があがっていた。体力がなさすぎだ。

「……これは前途多難ね」

七海が目をつむり、人さし指を額にあてた。

その後三日間、練習を続けたのだが、上達はまるでしなかった。

これで優勝できるのか……さすがの貫太も不安になる。

それは七海も同じなのか、あきらかにいらだっている。

大地が、ダンスの途中で倒れた。我慢の限界がきたように、七海が叫んだ。

「どうなってんのよ！　あんたたちダンスには慣れ親しんだ世代じゃないの⁉　ほらっ、踊ってみたとか歌ってみたとか流行《はや》ってるじゃない。SNSに動画アップしたことないの⁉」

息を荒くしながら、大地が返す。

「先生、それは王侯貴族の遊びです。我々下賤《げせん》の民には許されていません」

「先生の教え方が悪いんじゃねえのか」

貫太の指摘に、七海が目を吊《つ》り上げる。

「何？　私のせいにする気。百パーあんたたちの責任でしょ」

「全部生徒のせいにするって、どんな先生だよ」

七海と貫太がギャアギャア言い合うと、やがて仕方なさそうに、七海が湿った息を吐いた。

「……やっぱり来人が必要かもね。もともとあの子をグループの芯にするつもりで、この計画を思いついたんだから」

ガシガシと貫太が頭をかいた。

「気にいらねえが、百万円のためだもんな」

あのイケメンは札束になる。そう思って我慢しよう。

晴彦が、ぼそぼそと言う。

「でも来人君、絶対入らないと思うけど……」

どうすれば来人を口説けるか？　全員で話し合ったが、結局何も思いつかなかった。

七

翌日の昼休み。

貫太は凪と一緒に中庭にいた。視線の先には、来人がいる。来人はベンチに座って文庫本を読んでいた。

二人で近寄ろうとするが、そこに邪魔が入った。女子生徒二人組が、目をキラキラさせて、来人に話しかける。

「ねえ、来人君、ＬＩＮＥ交換してくれない？」

来人が、迷惑そうに返事をする。

「スマホなんて持ってない。あと読書中に話しかけるな」

「そっか、ごめんね。邪魔しちゃって」

二人が立ち去った。

去り際、さぞやしょげているかと思いきや、「来人君スマホ持ってないんだって、かっこいいね」「イケメンなのに趣味読書ってすごくない」とキャアキャア騒いでいた。貫太には理解不能な会話だ。感情の神経回路が、混線しているとしか思えない。

気を取りなおし、貫太と凪が来人の背後に近寄ると、貫太が声を上げた。

「凪、K－POPって大人気みたいだな。韓国だけじゃなくて、今はグローバルで活躍できるみたいだぞ」

「凄いよね。K－POPを歌って踊れたら、きっと将来役に立つね。末は博士か大臣だよ」

凪がそう返すが、あきらかに棒読みだ。これは貫太が、凪に言わせている台詞だ。

そこに晴彦と大地が、新聞を持ってあらわれる。

「号外、号外」

大地がその新聞を、むりやり来人に押しつける。

『K－POP部に入れば無病息災、家内安全、商売繁盛』と、書いてある。これも貫太が用意したものだ。

これぞ貫太が考案した、『来人にK－POPをさせよう作戦』だ。

来人に媚《こ》びるのは嫌だが、百万円のためだ。

来人が、新聞に目を落とす。よしっと貫太が拳を握りしめるが、来人は新聞をグシャグシャにして、ポイと捨てた。

「俺に二度とかまうな」

そう言い残すと、背中を向け立ち去っていった。

ブルブルと貫太がうち震える。

「あの野郎……俺が徹夜で作った血と汗の新聞を……」

凪が、ため息混じりに言う。

「貫太、末は博士か大臣かなんて台詞、ちょっと古すぎだよ……明治時代じゃないんだから」

大地がたたみかける。

「俺も号外なんて台詞、はじめて口にしたぞ。今どきの高校生が紙の新聞なんて読むかよ。転生ヤンキーって噂マジなんじゃ……」

「誰が転生ヤンキーだ……」

貫太がにらむと、大地がギクリと後ずさった。

「俺達同じグループだからな。殴ったりするのはなしだぞ。仲間だからな。盃交わした義兄弟だからな。わかったな、貫太」

グッと貫太が唇を嚙む。アイドルグループだから、全員ため口で下の名前で呼び合いなさい。七海がそう命じたのだ。

大地は最初こそ遠慮していたが、だんだん本性を見せてきやがった。すぐに距離を詰めて、調子に乗ってきた。

「おい、凪。おまえ頭いいんだろ。何か知恵しぼれよ」

貫太がそううながすも、凪が困り顔になる。

「……うーん、まず前提としてさ、来人はこれ以上注目されたくないんだよね」

「まあ、女子達が殺到するからな」

貫太が腕組みすると、大地がイライラと言った。

「なんてやつだ。贅沢《ぜいたく》に飽き飽きしてる王様か、それとも出家前のお釈迦様《しゃかさま》なのか。

それかあれだ、あれ。独身なのに左手の薬指に指輪して、『女避《よ》けですよ』ってキザな台詞を吐く漫画のイケメンキャラか」

ふうふうと大地が鼻息を荒くするので、「ちょっと落ちつけよ」と貫太がなだめた。性格がねじれた雑巾と自分で言っていたが、まさにそのとおりだ。大地が大人になったら、きっと新堂先生みたいになるのだろう。

「やっぱりその女子に注目されるってマイナスを補うぐらいの好条件を、こちらが提示しないと乗ってこないんじゃない」

「でもよ、金はいらねえって言ってたぞ」

貫太、凪、大地の三人でいろいろ案を出し合ったが、どれも来人の望むものではなさそうだ。

その時、黙っていた晴彦が静かに手を上げた。貫太がそれに気づく。

「どうした、晴彦？」

晴彦が遠慮がちに答える。

「……おいしいラーメンを食べさせるとか」

「ラーメン？　なんでだよ？」

「来人のかばんにラーメンの雑誌が入ってたから、好きなんじゃないかって」

そんなに細かいところを見てたのか。ただの暗いやつではなかった。晴彦は観察力があるみたいだ。

そこで、貫太がにやっとした。

「晴彦、でかしたぞ」

来人が校門を出るのを、貫太と七海が待ち構えていた。

二人ともヤンキー座りだ。

貫太は、ずり落ちそうなくらい鼻先にサングラスをかけ、ココアシガレットを口に咥《くわ》えている。タバコは吸えないので、タバコ形のお菓子だ。

七海は、クチャクチャとガムを嚙んでいる。いつもと同じジャージ姿だが、この座り方だとヤンキーのようになるから不思議だ。肩には竹刀《しない》をかついでいる。さっき剣道部から拝借してきた。

貫太が、来人をにらみつける。

「おう兄ちゃん、ちょっとわしらと茶でもしばこうか」

昔のヤンキー漫画では、こういうときは全員関西弁になる。

来人が無視して通り過ぎようとする。サササと、七海がヤンキー座りのまま移動し、その進路をふさいだ。

「待ったらんかい。兄ちゃん」

来人が方向を変えて歩く。七海が先回りをして止める。座りながらの移動なのに動きが俊敏だ。

さすが元Ｋ－ＰＯＰアイドル。

それを何度かくり返していると、七海が我慢できずに、ガバッと立ち上がった。

「ちょっと！　待ちなさいって言ってるでしょ！」

ハアハアと息が上がっている。

来人が、うっとうしそうに言う。

「なんですか。Ｋ－ＰＯＰはやらない。そう言ったはずですけど」

「その話じゃねえよ。おまえ、ラーメン好きなんだろ？」

貫太の言葉に、来人が不審がる。

「なぜそれを知ってる」

七海が丁寧にガムを包装紙に出して、ガシッと来人の肩をつかんだ。

「よっしゃ兄ちゃん、わしらがええとこ連れてったる」


三人で、オモニの店『サンナムジャ』に向かう。

来人が目を細めて、暖簾を見つめている。字がかすれて読みにくいからだ。

「……平壌冷麺」

来人がつぶやくと、貫太が口を開いた。

「ラーメン好きなら冷麺も好きだろ」

「ラーメンと冷麺は別物だろ」

「じゃあ冷麺は嫌いなのか？」

「そうは言ってない。冷麺も好きだ」

貫太がほっとする。

「オモニが作る韓国式の冷麺は最高だからよ」

来人が訂正する。

「平壌は韓国じゃない」

「えっ、そうなのか？」

七海があきれた。

「あんたそんなことも知らなかったの？」

「じゃあどこなんだよ」

「北朝鮮だ」

そう答えると、来人が勝手に店に入る。あわてて貫太はあとに続いた。

ちょうどオモニが、土間のテーブルを布巾で拭いていた。

来人がオモニを見て、なぜかぼうっとしている。こいつも、こんな表情をすることがあるのか？　貫太は目を疑った。

早速、貫太が来人を紹介する。

「オモニ、部活のやつ連れてきたぜ。藤野来人ってんだ」

オモニが、目尻のしわを深めた。

「いらっしゃい、来人。ファンニョンハダ《歓迎するよ》」

「カムサハムニダ《ありがとうございます》」

「韓国語上手だね。韓国人かい？」

「韓国人ではないですが、父が韓国系アメリカ人です」

貫太が驚いた。

「韓国系アメリカ人？　だったら逆に日本語がうますぎんだろ」

「母さんは日系アメリカ人だからな。だから韓国語、日本語、英語が話せる」

「トリリンガルってやつか」

「へえ、それはたいしたものね」

七海が素直に感心する。

イケメンでニューヨーク育ちで、トリリンガル。スペックがえげつない。大地が聞いたら、また嫉妬で怒り出すかもしれない。

オモニが目を細めて、来人を見た。

「そうかい。それは大変だったね。オモニの冷麺を食べて行きなさい」

そう言い置くと、オモニがキッチンに入った。大変？　なぜ大変になるんだ？

貫太、七海、来人で席に座る。来人は、きょろきょろと辺りを見回している。

貫太が、ぶすっとして頬杖をつく。

「なんだよ。この店じゃ不満か」

「いや、ここは落ちつく。素敵な店だ」

思ってもみない返答に、貫太は意表をつかれた。

あれっ、こいついいやつなのか？

オモニの店を褒められると、自分が褒められた気分になる。

七海が水を飲み、手の甲で口元を拭く。

「でもなんでニューヨーク育ちのトリリンガルが、こんななんの変哲もない地方都市の高校にいるのよ」

「こういう日本の高校が憧れだったんです。俺、ニューヨークにいるとき、日本の漫画とかアニメをよく見てたから」

来人がコップに手を触れる。

「あとじいちゃんに、日本の生活ぶりを聞いてたのもあって。中学のときに東京に来たけど、都会すぎて、ニューヨークと変わらないからつまんなかったんです。それでちょっと田舎《いなか》の、この高校を選びました」

「ふーん、だから学校でめちゃくちゃ浮いてんのかよ」

「あんたの方がダントツで浮いてんでしょ」

七海がツッコんだタイミングで、オモニが冷麺を持ってきてくれた。

「さあみんな、たんとお食べ」

テーブルに三つの器が並ぶ。見ているだけで食欲がそそられ、早く早くと胃が大暴れする。オモニの冷麺は芸術品だ。

貫太がハッとする。

「先生、これは先生のおごりだよな。部活動の一環だもんな」

「わかった、わかった。おごりでいいわよ」

安堵して箸をつけようとすると、「こらっ、まずは来人でしょ」と七海に注意される。そうだった。冷麺の魔力で、今日の目的を忘れていた。

来人が、冷麺をズズッとすすった。

「どうだ。うまいか？」

そう貫太が尋ねるが、来人は応じない。それから一口、また一口と、ただひたすら、何かに取り憑《つ》かれたように冷麺を食べ続ける。

もう言葉なんていらない。この食べっぷりが答えだ――。

来人がオモニの方を向き、感極まったように言う。

「オモニ、俺、こんなうまい冷麺食べたことないです。これ、世界一うまいです」

貫太は目を疑った。来人が、こんなに感情をあらわにすることがあるのか？　血も涙もない、殺し屋みたいなやつだと思っていたのに。

「そうかい。ありがとうね」

オモニの顔がクシャクシャになる。

「これは北朝鮮の冷麺なんですか？」

「そうだよ。母の得意料理を、私が受け継いだんだよ」

貫太が口をはさむ。

「オモニのオモニ《お母さん》って北朝鮮の人なのか？」

「当時は日本の統治時代で、南北分裂の前だったけどね。今の言い方だったらそうだね」

オモニが複雑そうに言う。

韓国と北朝鮮は元々一つの国だった。歴史の授業で習ったことがある。

来人がしみじみと、心を込めて言う。

「俺、今までこんなにうまい麺料理を食べたことがないです」

「あなたの韓国人の血が、そう感じさせるんだろうね。異国の地にいると、故郷の味を求めるものなんだよ」

七海がぼそりと言った。

「私も韓国にいるとき、オモニのこの冷麺が食べたくて仕方がなかった。これが私にとって故郷の味だから」

「七海、コマウォ《ありがとう》」

そうオモニが微笑み、「オモニ！」と七海が抱きついた。また号泣しそうな雰囲気だ。

来人が訊いた。

「オモニ、また来ていいですか？」

「ああ、いいよ。じゃあ来人、オモニとＬＩＮＥ交換しよう」

そこで貫太が、ヘラヘラと笑う。

「オモニ、こいつ現代人のくせにスマホ持ってねえんだよ……って持ってんじゃねえか」

来人がスマホを出していた。

「スマホを持ってないってのは女避けの嘘だ」

また大地が聞いたら、怒り心頭になるような台詞を吐く。

「だいたいスマホを持ってない現代人がいるわけないだろ」

「いるんだよ。ここに……」

貫太が歯ぎしりする。

オモニとやりとりできるのならば、俺も頑張ってスマホを持ってみようかな。

その後は三人で焼肉を食べた。韓国式なので、肉をハサミで切る。カルビ、トゥンシム、サムギョプサル、どれもこれもうますぎる。腹の下から、胃が快感でバタバタする振動が伝わってきた。

貫太、来人がパクパクと夢中で食べるので、「あんた達、ちょっとは遠慮しなさいよ」と七海が注意した。それほどの量を、二人で食べてしまった。

オモニの店を出て、三人で公園に行く。

七海が手を合わせて、懇願する。

「来人、お願い。K－POP部に戻ってきて」

来人が首を横に振る。

「だから目立つことは嫌なんです」

「あのね、あなたはもう自然とその場にいるだけで目立っちゃうの。だから逆に歌って踊ってより目立つ。目立ちに目立って、アイドルクラスのオーラを身につければ、誰も近寄ってこなくなる！」

なんという無茶すぎる理屈だ。

「嫌です」

眉間に力を込めて、七海がにらみつける。

「来人！　焼肉、冷麺おごったよな、ああっ」

「頼んでないです」

七海がメガネを外して髪をほどき、甘ったるい声を出す。

「来人君、お、ね、が、い」

「近寄らないでください」

おどしも色じかけも全部ダメだ。七海が、最後の切り札を出した。

「これはオモニのためにもなるのよ」

「どういうことですか？」

そこで来人が表情を変える。

七海が事情を説明した。

この店の客足が遠のいていること。このままだと店が潰れること。その宣伝のためのコンテスト参加でもあるということ。

その間、来人は静かに聞いていた。

「あなたが世界一うまいって絶賛した、冷麺と焼肉がもう食べられなくなるのよ。それでもいいの？」

来人が顎に手を当て、何やら考えている。少し間を空けてから口を開いた。

「先生が店の宣伝をすればいいじゃないですか。元アイドルなんだから話題性もある」

「なるほどな」

貫太が膝を打つ。そのアイデアはなかった。

「落ちぶれたアイドルが、世話になった焼肉屋のおばあちゃんを助けるっていうのも、なんかみんな好きそうだよな」

「誰が落ちぶれたアイドルだ」

七海がパンと貫太の頭をはたく。

「だったらあんた、百万円はどうする気なの！」

ブンブンと貫太が首を横に振る。

「そうだ。ダメだ。俺は百万円が必要なんだよ」

ふうと七海が肩を沈ませる。

「私は事務所との契約で、あと半年間は芸能活動ができないの」

七海がパンと手を合わせ、もう一度懇願する。

「だからお願い。戻ってきて!」

七海と貫太で、来人を凝視する。頼む、お願い、頼む、と目にありったけの力を込める。

来人がブランコから立ち上がった。ガチャッと鎖の音がする。

「事情はわかりましたが、それとこれとは話が別です。俺は誰からも注目されず、静かに暮らしたいんです」

冷たい表情ではねつける。

「焼肉と冷麺ごちそうさまでした」

そう言い残すと、来人が立ち去っていった。

八

翌日、凪、晴彦、大地に昨日の結果を報告する。

信じられないという面持ちで、大地が言う。

「静かに暮らしたいって、あいつは仙人か? 悟り開いちゃった系男子か?」

「……あのルックスは、来人君にとってはコンプレックスなんだろうね」

凪が同情すると、全員が黙り込んだ。

元気を出すように、七海が手を叩いた。

「さっ、気を取り直して、練習よ、練習」

大地が浮かない顔になる。

「……来人なしだったら絶対コンテスト無理でしょ」

「……そんなことないわよ」

「先生、声ちっさすぎです」

もうその声量で、嘘だとわかる。

凪、晴彦の表情も重い。とりあえず、今日の練習は休みとなった。


学校を出ると、貫太はあせりはじめた。

凪も大地も晴彦も、部活だからやっているだけで、やる気はないに等しい。七海も、来人抜きでは無理だと思っている。

コンテストに優勝できなければ一番困るのは貫太だ。百万円への道が断たれる。

やはり、どうしても来人が必要だ。ただあんな強情なやつは見たことがない。

河川敷でお互い殴り合って傷だらけになり、二人で大の字になって空を見て語り合うしかないか。ヤンキー漫画で仲間になる展開といえばこれしかない。いい感じの河川敷を探すか……。

そんなことを考えていると、『サンナムジャ』に到着した。やはり冷麺で舌を満足させないと、いいアイデアなんて浮かばない。

扉を少し開けると、「オモニ、ごちそうさま。最高でした」と来人の声がした。

戸の隙間から中を覗くと、来人が手を合わせていた。冷麺の器が空だ。

あの野郎、何もう行きつけの店にしてやがんだ。宣伝の協力はしないのに、冷麺は堪能しやがるのか。それがニューヨーク育ちのやり口かよ。

腹が立ったので思いっきり扉を開けようとすると、

「オモニはどうしてこの店をはじめたんですか？」

来人がオモニに尋ね、貫太はピタッと手を止めた。

オモニが、来人の向かいの席に座る。

「もともと韓国で店をやってたんだけどね、私の亡くなった亭主が日本人で、日本で店を出したいって言い出したんだよ。それで付いてきたんだ」

それは初耳だ。入るタイミングを失い、貫太はその場に釘付けになった。

オモニが、にこにこと続ける。

「こんなに長くここで店を続けるとは、あのときは考えもしなかったけどね」

「店を辞めようとは思わなかったんですか？」

「それは一度もないね。私の冷麺を食べて喜んでくれる人の笑顔を見るたびに、思い出すんだ」

「何をですか？」

「私のアッパ《パパ》のことだよ」

地平線の果てを見るように、オモニが遠い目をする。

「昔の、私が子供の頃のことさ。私のオモニ《お母さん》が作った冷麺がアッパの好物だったんだけどね。来人みたいにおいしそうに食べてくれるお客さんの顔が、アッパの笑顔と重なるんだよ。だからお店は辞められないね」

「……アボジ《お父さん》ですか」

来人が、神妙な顔でつぶやいた。その響きには、ぬくもりと懐かしさが込められていた。

貫太と違って、来人は父親が好きなのだろう。

来人の顔つきを見て、貫太はふとそう感じた。チクッという棘《とげ》のようなうらやましさが、胸の柔らかい部分を刺し、苦い感情がにじみ出た。

オモニが、来人の肩に手を置いた。

「来人はコンテストのことなんて気にしなくていいからね。でも貫太たちとは仲良くしてやって欲しい」

「仲良くですか……」

複雑そうに来人がつぶやくのを見て、貫太はスッと扉を閉めた。

九

次の日、部活の時間となった。

一応全員集まったが、昨日のもやもやを引きずっている様子だ。空気が湿って、どんよりしている。

結局、来人の説得はできなかった。もう腹をくくって四人でやるしかない。

「ほらっ、練習するぞ」

貫太が、はつらつとした様子で言った。不審そうに、七海が貫太を見る。

「……何あんた、急にはりきって」

「いいだろ別に」

ごまかすように貫太が屈伸すると、扉が開く音がした。一同が注目すると、来人が入ってきた。

久しぶりに部活に来たのだが、制服姿ではない。

来人は、体操服を着ていた――。

「どうしたの、来人？」

七海がまつげを揺らした。

「先生、俺やっぱり、K－POPやります」

来人の答えに七海が顔を輝かせ、他のメンバーがざわめいた。

「ほんと⁉」

凪が慎重に尋ねる。

「……いいの？　今以上に注目されて女の子が群がるけど」

「いいんだ」

来人の表情には、覚悟のようなものが宿っていた。つるっとしたその皮膚の下に、血の気が透けて見える。そのほのかな赤みには、情熱と気迫がみなぎっている。

そこで貫太は気づいた。

『サンナムジャ』を潰したくない。昨日のオモニとの会話で、来人は心からそう思ったんだ。

「俺、歌もダンスもやったことないけど頑張ります。やるからには優勝を狙います」

「よく言った、来人」

嬉しさのあまり、貫太が来人の手を握ると、来人が払いのける。

「おまえの百万のためじゃない」

この野郎……優勝して百万円をゲットしたら、こいつの横っ面を札束で引っぱたこう。トリリンガルが何語で悲鳴を上げるか、みんなで賭けてやる。

七海がドンと胸を叩いた。

「任せなさい。先生がバッチリ教えたげるから」

それから手を差し出した。全員で手を重ね、最後に来人が手を乗せた。

七海が、みんなの顔を見て言う。

「絶対優勝よ」

おおっ、とみんなの声がそろった。

二章

一

貫太《かんた》が屋上にいると、新堂《しんどう》があらわれた。女子生徒みたいな仕草で、ぷりぷりしながら言う。

「ハルルン、もうっ、なんで教えてくれないの！　私達、ラブ友でしょ！」

貫太がおよび腰になる。

「……なんだよ。気味わりいな」

「韓国語部あらため、K－POP部になったんだってね」

「なんで知ってんだ？　あとそのしゃべり方止《や》めろ。昼飯吐いちまうだろ」

「そりゃ学校なんて狭い世界だからな。まさか喧嘩《けんか》をやめて、K－POPやるなんて、おまえは先生の想像の斜め上を行くな。転生ヤンキーと学校一のイケメンの藤野来人《ふじのらいと》が、歌とダンスをするって、学校中で話題になってるぞ」

「うるせえ。ほっといてくれ」

百万円のためだ。誰に何を言われてもいい。俺は金に魂を売ったのだ。

「俺達は、高校生パフォーマンスコンテストで優勝を目指してるだけだ」

新堂が目を丸くする。

「おまえたち、あれが目標なのか？」

「……わりいのかよ」

ガリガリと、新堂が後頭部をかく。

「いや、夢を描くのはいいが、優勝どころか出場すらも厳しいと思うぞ」

「どういうことだよ？」

「全国の高校生が目指すコンテストだからな。野球でいうと、甲子園みたいなもんだ。甲子園に出場するのがどれほど難しいかは、さすがのおまえでもわかるだろ？」

「……まあな」

「まあうちの学校は他校よりもチャンスはあるけどな。大半の高校は動画審査だけど、うちは番組のスタッフが学校に来て、直接審査してくれるから」

「ずいぶん特別待遇じゃねえか」

「うちはダンス部が有名だからな。南《みなみ》先生って知らないか？」

「なんか聞いたことあるな」

他の生徒が話していた記憶がある。

「ダンス部の顧問の先生なんだけどな、南先生が顧問になって、うちはダンスの強豪校になったんだよ。過去には高校生パフォーマンスコンテストで、優勝もしてる」

「マジか」

急に希望が見えてきた。

「でもこれまでコンテストの参加資格を得られたのは、ダンス部しかいない。ダンス部と比較されるから、余計に実力差が浮き彫りになるんだ」

「……おい、じゃあどこがチャンスあるんだよ」

「まっ、頑張れ。為《な》せば成る。蟻《あり》の思いも天に届く」

なんて適当な励ましだ。

優勝どころか、参加すらも厳しいのか……想像以上に前途は多難みたいだ。七海《ななみ》は、このことを知っているのだろうか。

新堂が疑問を投げる。

「それにしても、誰がK－POPダンスなんて教えるんだ？」

「殿上《とのうえ》先生だよ。あの人、K－POPの経験者だからな」

新堂が怪訝《けげん》な顔をする。

「殿上先生？　韓国語部の代理の先生だろ？　そんな風には見えないけどな」

そうか。新堂は、七海がブランケットのナナミだと知らないのだ。

「殿上先生とかどうなんだよ？　彼氏いないって言ってたぞ」

「まあいい人そうだけどな。先生にはちょっと地味すぎかなあ」

新堂が上から目線で言う。貫太がにたにたとした。

「そうだよな。先生と殿上先生じゃ釣り合い取れないよな。先生にはもっとイケてる美女がお似合いだよな。ブランケットのソジンとかさ」

「おいおい、春井戸《はるいど》。そんなこと殿上先生に言うなよ。失礼だからな」

ハハハ、と新堂が大口を開けて笑った。


放課後になって、練習の時間となった。

まずは来人のダンスの実力をチェックする。七海が例のアイドルのダンス動画を見せた。

来人はそれを一度見ると、膝を伸ばしはじめた。

貫太が口を開いた。

「おい、準備運動はいいから、早く振りつけ覚えろよ」

「もう覚えた」

「嘘《うそ》つくなよ、てめえ」

一回見ただけで、覚えられるわけがない。

しかし七海が音楽を流すと、来人が踊りはじめる。なめらかな動きで、ミスがない。ほぼ完璧なできばえだった。

「いいわね。踊れてる」

七海が褒め称《たた》える。間髪容《い》れず、貫太が叫んだ。

「来人、てめえ。ダンス経験ないんじゃねえのかよ」

来人が無表情で応じる。

「ああ、やったことない」

「嘘つけ。いきなりそんな簡単に踊れるわけねえだろうが」

「ダンス経験はないが、バレエは子供の頃からやってた」

「バレエだと……」

貫太の脳裏に、『白鳥の湖』が流れる。パチンと七海が指を鳴らした。

「なるほど。それは最高ね」

ルックスという武器にダンスの才能というミラクルオプションが付いていた。儲《もう》け、儲けという感じで、七海はご満悦だ。

来人のダンスがうまければ、それだけ優勝の確率が上がる。ただ貫太は、単純に来人に負けるのが悔しい。

そこへ大地《だいち》が目をぎらつかせ、詰問するように来人との距離を詰めた。

「来人、おまえ、一体前世でどれだけ徳を積んだんだ？　村の飢饉《ききん》を救ったのか？　悪党共のアジトから、大量の水と食料を盗んで民衆に施したのか？」

貫太が補足する。

「大地、来人は日本語、韓国語、英語が話せるぞ。トリリンガルだ」

「トリリンガル！」

大地が絶叫した。トリリンガルという言葉史上、一番でかい声だろう。

大地が、指を折って数える。

「イケメン、モデル並みのスタイル、ニューヨーク育ち、トリリンガル、バレエ経験者……来人、おまえまさか、親は金持ちとかじゃないよな」

「普通だ」来人がぼそっと答える。

「普通ってなんだ？　普通はサラリーマンだぞ。あとサラリーマンでも、世帯年収が六百五十万円以上は普通とは認めないぞ」

「サラリーマンじゃない。母親がアパレルの会社を経営してる」

「それは、普通じゃないでしょがぁ！」

大地が涙目になって、七海に訴えた。

「先生！　神は存在するんですか！　来人の存在を神は赦《ゆる》すんですか！　お答えください！」

「……知らないわよ。そんなこと」

七海が、あきれ顔で言った。

二

来人が加入してから、一週間が経《た》った。

「もっとピンと、体に軸がある感じで」

七海が教室内を歩きながら、手を叩《たた》く。

貫太、来人、凪《なぎ》、晴彦《はるひこ》、大地。全員が逆立ちをしていた。

貫太は楽々できる。来人もバレエ経験者だけあって、簡単にこなしている。足先まで綺麗《きれい》にそろっていた。

けれど他の三人はまるでダメだ。体を支える腕がプルプルと震え、血が逆流して、顔はまっ赤だ。一週間かけて、やっと壁から離れて逆立ちできるようになったが、生まれたての子鹿のようにフラフラしている。

「わっ」

大地がバランスを崩し、そのまま晴彦と凪が巻き込まれた。貫太はひょいとうまくかわし、ヨッと起き上がると、七海に訴えた。

「先生、なんで逆立ちばっかさせんだよ」

来人が加わってから、もうずっと逆立ちばかりだ。

七海が唇をとがらせる。

「うるさいわね。黙ってやりなさい」

「あとこの部屋狭すぎるぜ。さっきからぶつかってばっかじゃねえか」

全体でのダンス練習なんて、とてもできそうにない。

「……たしかにそれは問題ね。まあそれはこっちでなんとかするから、とにかく今は逆立ちに集中！」

そうしてやっと逆立ちの練習が終わると、休む暇もなく「さっ、用意して。外に行くわよ」と七海がせかした。

「やった。外、外。先生とお出かけ」

大地が、うきうきとはしゃいでいる。七海が、来人と凪に声をかける。

「二人は今日はこれでいいわ。お疲れ様」

すかさず、貫太が不満をぶつけた。

「なんでこいつらは帰れるんだよ」

「凪はできてるし、来人はちょっと大騒ぎになりそうだから」

どういうことだ、と貫太は首をひねった。

そうして、七海、貫太、晴彦、大地の四人で電車に乗る。降りたのはこの辺りで一番大きな繁華街だ。夕方なので、仕事帰りの人々でごった返している。店の看板のネオンが光を灯《とも》し、喧騒《けんそう》の夜を迎える準備をはじめている。宴の前の、わきたつ空気で包まれていた。

七海が先導して、貫太達がその後ろを追う。

「先生、どこ行くんだよ」

「着いたわ」

複数のテナントが入った雑居ビルだ。バーやスナックが多い。建物全体が、酒で浸されているようだ。

エレベーターで四階に上がり、店の中に入ると、

「いらっしゃいませ。ご主人様」

とつぜんの黄色い声に、貫太は飛び上がった。

メイド姿をした若い女性たちが、ズラッと整列している。みんな可愛《かわい》くて、キャピキャピしていた。女性の甘い匂いで、むせ返りそうになる。

店内は赤と白ばかりで、カーテンだけがピンク色だ。おとぎの国に迷い込んだのか？　普段見慣れない色合いなので、目がチカチカする。

「なんだ、こりゃ？」

貫太が呆気《あっけ》にとられていると、大地が声を震わせた。

「……先生、ここもしかして、メイドカフェですか」

「ええ、そうよ」

七海がうなずくと同時に、大地が大喜びした。

「先生！　俺たちを接待してくれるんですか。ここで英気を養えってことですね。ヨッ、このエロ教師！」

ポカッと、七海が大地の頭を殴る。

「誰がエロ教師だ！　こっち来なさい」

七海に連れられて、一番奥の部屋に向かう。

中に入ると、二度目の衝撃が襲ってきた。

部屋の中央には高級そうな大理石のテーブルと、黒い革張りのソファーが置かれていた。床が抜けそうなほど重厚感がある。壁には、鹿の頭の剥製が飾られていた。

ドスの利いた声という表現があるが、ここはドスの利いた部屋だ。

「……あれっ、俺達ヤクザの組事務所にワープしたのか？」

大地が目をゴシゴシした。

「いや、あれ見ろよ」

貫太が正面の壁を指さす。そこには額縁があり、毛筆でこう書かれていた。

『萌《も》え萌えキュン！』

「まだメイドカフェにいるみたいだぞ」

「達筆だな……」

大地がそうこぼすと、「おお、来たか」という男の野太い声がした。

黒光りするスーツと革靴。髪はオールバックで、チタンフレームの細いメガネをかけている。アイスピックのように、目つきと顔の輪郭が鋭い。どう見てもその筋の人間にしか見えない。

七海が笑顔で応じた。

「達也《たつや》、久しぶり」

達也と呼ばれた男が、キュッと口角を上げた。

「七海、なんだその格好。アイドル辞めて女も辞めたのか」

「ほっといてよ。ジャージが一番楽なのよ」

「どうせ暇だろ。うちの店で働けよ」

「時給十万だったらやったげるわ」

しばらくの間、貫太達の存在を忘れ、七海と達也は盛り上がっていた。置いてけぼり感がとてつもない。

我慢できずに、大地がひそひそと七海に尋ねる。

「あの先生、この素敵な紳士はどなたですか？」

「私の小学校からの同級生の猿渡《さるわたり》達也。このメイドカフェのオーナーよ」

大地が、不自然すぎる笑みを作る。

「メイドカフェのオーナー……ぴったりですね」

「どこがぴったりだ。どう見てもヤクザじゃねえか」

貫太がずけずけと言うと、「バカ」と大地があわてふためいた。

達也がじろじろと、貫太の頭を見る。

「なんだ、おまえその格好。いつの時代のヤンキーなんだよ」

「うるせえよ。あんたこそ、ヤクザがメイドカフェやるんじゃねえ。闇カジノでもやってろ」

「俺のどこがヤクザだ。どう見ても敏腕社長だろうが」

貫太と達也が火花を散らすと、七海が二人の頭をはたいた。

「似たもの同士がもめんな。ほらほら時間がもったいないでしょ。早く着替えて」

七海が、貫太たちに衣装を手渡した。

それを広げて、貫太は悲鳴を上げた。

「おい、なんだよこれ。メイド服じゃねえか」

フリフリの黒いスカートに白いブラウス。そしてフリル付きのカチューシャ。

店のメイド達の服装だ。

「そうよ。今からそれに着替えて、この店のビラ配りをするの」

「ふざけんなよ！　そんなことできるか」

激昂《げきこう》する貫太に、七海が腕組みをした。

「あんた、この前もダンスなんてできない！　とか言ってたわよね。なんでそう思うの？」

「……なんでって、そりゃ素人《しろうと》だからだろ」

「違う、違う。ダンスの技術以前に、あんた達三人には重大な欠点がある」

「欠点ってなんだよ？」

「照れよ、照れ」

七海が声を強めた。

「貫太、子供のお遊戯会見たことある？」

「あるけどなんだよ」

「子供って下手でも自信を持って、一生懸命やるでしょ。だからこっちも楽しんで観《み》られるのよ。一番厄介なのが、あんた達みたいな思春期丸出しの、自意識過剰男子」

貫太、晴彦、大地と七海が順番に指さす。

「パフォーマンスをする上で最低なのが、照れながらやること。それとやらされてると言わんばかりに、ふてくされてやること」

胸にグサッとくる。どっちも貫太に当てはまる。

「そういう感情は、観客にダイレクトに伝わる。だから羞恥心を消すために、まずはあんた達が恥ずかしいと思うことを強制的にやらせる」

「……それがメイドの格好でのビラ配りかよ」

「そうよ。最高のアイデアでしょ」

七海がケラケラと笑った。

「俺はやらねえぞ。ヤンキーがメイドのコスプレなんて、いい笑いもんだ」

貫太が、乱暴に服を投げ捨てる。

「おまえのヤンキースタイルも、十分笑いもんだぞ……」

「あっ、大地、おまえなんつった？」

大地があわててごまかす。「いえっ、何も」

「百万円はいいのかなあ？　貫太くーん」

七海が指を一本立てて、ヒラヒラさせる。

ぐっと頭に血が上った。あの出世払いのシーンを描いた漫画家共を、全員殴り倒したい衝動に駆られる。

「クソッタレが！」

そう吐き捨てると、貫太は衣装を拾った。


三人で着替え終えた。鏡で自分の姿を見て、貫太は屈辱で卒倒しそうになった。短いスカートなので、下半身がスースーする。

大地が、貫太を見てふきだした。

「なんだよ。リーゼントでメイド姿って。混ぜるな危険すぎるぞ」

「うるせえ！」

「それにその筋肉質で、すね毛だらけの足はなんだよ。そんなメイドどこにいるんだ」

貫太が大地の足を見る。

「なんでおまえはちゃんと毛の処理してんだよ」

「俺はモテないだけで、モテるための準備は日々整えている。普段の心がけが、まさかここで役立つとは」

一方、晴彦は、羞恥心で顔も上げられないようだった。いつもうつむいているが、今はさらに首が折れ曲がり、ボトリと頭部が落ちそうだ。

店の前に出て、三人でビラを配りはじめた。だがみんな気味悪がって、誰もビラを受け取ってくれない。特にリーゼント姿の貫太は散々だ。ネコ耳のカチューシャとリーゼントは組み合わせが悪すぎる。もし口にしたら、三日三晩はトイレに閉じこもるだろう。

これも百万円のためだ……貫太は、自分にそう言い聞かせた。

一時間ほどやったが、もらってくれたのは、全員合わせて数枚程度だった。

店に戻ると、七海がズバッと命じた。

「明日もやるわよ」

貫太が、口をへの字に曲げる。

「なんでだよ。もう十分だろ。羞恥心なんて綺麗さっぱりなくなったよ。なっ」

大地と晴彦に言うと、二人ともコクコクとうなずいた。

七海が貫太の手元を指さす。

「ビラが減ってないでしょ。ビラが」

「こんなもん今時誰ももらってくれねえよ」

「はいはい、とにかく明日もやるわよ」

七海が、強制的に話を打ち切った。

三

それから一週間が経った。

貫太達はずっと逆立ちと、メイド姿でのビラ配りをやらされていた。

百万、百万と呪文のごとく、自分に言い聞かせてきたが、その我慢も限界寸前だ。コップいっぱいに注がれた怒りの水が、表面張力ぎりぎりまで達している。

さすがに凪、晴彦、大地も逆立ちがうまくなっていた。大地もあの体型で、どうにかバランスを取っている。

それを見て、貫太が提案する。

「先生もういいだろ。全員逆立ちできるようになってんだろ」

七海が気楽に応じる。

「そうね。逆立ちはもういいかもね」

「あとメイド姿のビラ配り。あれもいいだろ。恥ずかしいなんて感覚、もうどこにもねえ」

「そうそう、もう普段着あれでもいいかって思うぐらいになじんだ」

大地が同意する。大地は、若干メイド姿にハマりすぎている気もするが……最近ではメイク動画を見て、自分でメイクもやり出した。七海の目的とは、別方向に走り出している。その先を想像して、貫太は身震いした。

七海が軽く指を振る。

「ダメ、ダメ。誰もビラもらってくれてないじゃない」

「だからあんなもん誰も受けとらねえって」

来人が無視して、七海に尋ねる。

「先生、逆立ちの次は何をするんですか?」

貫太が声を鋭くする。

「おい来人、こっちの話が終わってねえんだよ」

「俺は優勝するためにダンスがうまくなりたい。おまえの話に時間を使われたら迷惑だ」

最初はあんな嫌がっていたのに、今は誰よりも熱心だ。なんなんだこいつ……君だけのやる気スイッチを、深く押しすぎてしまったか。

「先生がおまえ達にビラ配りをやらせるのには、ちゃんと理由があるからだ。つべこべ言わず、黙って続けろ」

貫太が舌打ちする。

「だから羞恥心を消すためだろ。もうそれは克服したからやらなくていいって話をしてんだろが」

「それを判断するのはおまえじゃなくて、先生だ。先生はプロのアイドルだぞ。ヤンキーはそんなこともわからないのか」

「なんだと！」

貫太が来人につっかかろうとすると、大地がビシッと手を上げた。

「先生！」

「何、大地？」

ゆるりと七海が返した。

「先生がブランケットのメンバーだっていうのは知ってますよ。俺、動画でも見たし。でも実際俺達、先生の実力をこの目で見たわけじゃない」

七海の右頬が、ピクピクと痙攣《けいれん》する。

「ああっ、信用できないっての……」

大地があわてて手を振る。

「いや、そういうわけじゃなくて。先生がちゃんとした姿でダンスして手本を見せてくれたら、俺達もやる気出るなあって。なんかご褒美というか。馬ににんじんは必要でしょ……」

貫太が同意する。

「一理あるな。先生、ダンス見せてくれよ。俺達の勉強になるだろ。今の格好でいいからさ」

大地が血相を変えた。

「おまえバカか！　俺はダンスは二の次で、先生の生足が見てえだけなんだよ！　俺の巧みな話術トリックの邪魔するな。あっ」

大地が手で口を押さえると、七海が鬼の形相をしていた。

スッと七海が大地に近づき、その耳元で、「てめえ、砂にすんぞ」とささやいた。

「……先生、すみません。俺、金の盾もらった直後のユーチューバーぐらいはしゃいでました」

ザッと大地が土下座した。なんて綺麗な土下座だろうか。貫太は思わず感心する。

七海が考えるように、ペタペタと頬をなでた。

「……でも、そろそろちゃんとした練習場所を確保する必要もあるしね。よしっ」

スタスタと扉に向かう。

「みんな行くわよ」

わけはわからないが、全員で七海の後ろを付いていく。

到着した先は、校内にある屋根付きの施設だった。屋根は鉄骨が交差して組まれ、そこにシートが張られている。どこか美術館っぽい雰囲気だ。

貫太が凪に尋ねる。

「おい、ここなんだよ。ずいぶん新しいけど、体育館じゃねえのかよ」

「ダンス部の練習場だよ」

「ダンス部？　こんなすげえとこで練習してんのか？」

「うちのダンス部は全国有数の強豪校だからね」

たくさんの女子生徒達が、ダンスの練習をしている。ジャージのズボンにおそろいのTシャツと、七海と似たような格好をしていた。

こんなに部員がいるのか。女子の在籍数は、校内トップだとは聞いていたが……。

みんな軽快で、機敏な動きだ。難しいステップを、いとも簡単にこなしている。

ダンスをかじってみたからこそわかるが、貫太達とはまるで違う。天と地ほどの実力差だ。

こんなやつらと、コンテストへの出場権争いをしないとダメなのか……。

実際のダンス部の練習を見て、貫太の胸に、冷たい不安が渦巻いた。

大地が、耳元でささやいた。

「おい、貫太。御園《みその》遙香《はるか》先輩がいるぞ」

ひそひそとうきうきが混ざった声だ。

「誰だよ、それ」

「おまえ、部活紹介を見なかったのかよ。ダンス部の部長だよ。すげえ人気あんだぞ」

大地の視線を追うと、たしかに一人、飛びぬけてルックスがいい生徒がいた。キリッとした眉と大きな瞳に、小さな顔。可愛さと凜々《りり》しさが同居している。そのまま清涼飲料水のCMに出られそうだ。

みんなと同じTシャツにジャージ姿だが、彼女だけが一際《ひときわ》目立っていた。スポットライトを当てられているみたいだ。

もちろんその美貌もあるが、ダンスの技術がそう見せているのだろう。ビシッ、ビシッと音が鳴りそうなほど、動きの一つ一つにキレがある。

こいつ、喧嘩をやらせても強そうだな。

大地が遙香を見て、デレデレと鼻の下を伸ばす。

「さすが氷の女王だな。美貌もダンスも格が違う」

「凄《すげ》えあだ名だな」

「おまえもあんまり見過ぎたら、凍らされるぞ」

貫太が足を速め、七海に問いかける。

「おい先生、ダンス部なんかに来てどうすんだよ」

七海が、ニタアと口角を上げた。

「宣戦布告」

「どういう意味だ？」

「頼んだわよ、特攻隊長」

ドンと七海が貫太の背中を叩くと同時に、曲が終わった。

そこで、部員達が貫太達の存在に気づいた。

彼女達の瞳が、急にときめきはじめた。その視線の先にいるのは、もちろん来人だ。

キャアキャアと騒ぎ立てそうになる寸前で、

「集合！」

凛《りん》とした声が響き渡る。部員達が正気に戻ったように、ザッと駆けてきた。

声の主は、銀髪の老婆だった。

シワはあるが、老けているという印象はない。背筋がピンとして風格があり、まなざしには、気品と厳しさがある。

その視線を感じて、貫太達の背筋も自然と伸びた。

七海が笑顔で切り出した。

「こんにちは。南先生」

南先生⁉　なるほど、これがダンス部を強豪に導いた噂《うわさ》の先生か。まるで、退役した鬼軍曹みたいに迫力がある。こいつも若かったら喧嘩が強そうだ。

南が首をかしげる。

「……あなたは？」

「私、佐久間《さくま》先生の代理で来た殿上と申します」

「ああ、佐久間先生の」

「私達、韓国語部からK－POP部になりました。今はこの子達にK－POPダンスを教えてるんです」

「あなたがダンスを？」

南がじろっと七海を見る。品定めをするような視線だ。

とつぜん七海が、声を張り上げた。

「貫太、うちの部の目標は？」

「何？　目標？」

貫太がとまどっていると、全員が貫太に注目する。七海が声を出さずに口をパクパクさせた。

『特攻頼む』

それから親指を立ててウインクをする。なるほど、そういうことか。

コホンと咳払《せきばら》いをし、貫太が大声を出した。

「俺達K－POP部の目標は、高校生パフォーマンスコンテストで優勝して、百万円をゲットすること！　以上！」

一瞬シーンと静まり返ったが、その直後、ドッと笑いが起きた。

部員達が爆笑している。中には、「転生ヤンキーなのに」と涙を流してこちらを指さす、失礼なやつもいた。貫太が思っているよりも、転生ヤンキーというワードは認知されているようだ。

凪、晴彦、大地が顔を赤くしてうつむいている。恥ずかしさを克服したんじゃねえのかよ、と貫太は文句を言いたくなった。

七海が動じずに続ける。

「その目標に向かって練習に励みたいんですが、私達練習場所がなくて、ダンス部の部室を一つお借りしたいなって」

南が失笑する。

「ダンス部があなたたちに？　どうして？」

「部室が複数あって、こんな立派な練習場もあるんだから、部室の一つぐらいいいかなって」

「話にならない。うちは今年本気で、全国制覇を目指してるの。一分一秒がもったいない。練習の邪魔なのでお引き取りを」

ビリッと空気を震わせるほどの迫力だ。

貫太が反論する。

「うちも本気だ。本気で優勝狙ってんだよ」

「あなた達の遊びに私達を巻き込まないで」

なんだと、と貫太が前のめりになるのを、七海が手で制止する。

「じゃあ勝負しませんか？」

不快そうに、南が訊《き》き返す。

「勝負？　なんの？」

「もちろんダンスの。おたくの一番ダンスがうまい生徒と、私でダンス勝負しましょう。勝ったら部室を貸してください」

「負けたら？」

「うちは廃部して、この子達全員ダンス部に放り込みます。煮るなり焼くなり刺身にするなり、奴隷としてこき使ってやって下さい」

それを聞いた瞬間、ギラギラと女子達の目が光り出し、ジュルッとよだれをたらす音がした。

「先生、嫌だ。絶対に嫌だ」

来人が口を開いた。普段は無表情なやつだが、今は恐怖で顔がひきつっている。来人からすれば、獣の檻《おり》に入れられるようなものだ。

大地が忍者のごとく七海に近づき、注進するように言う。

「殿、敵方は部長の御薗殿が出陣されますぞ。我が軍に勝ち目はござらん。勇気と無謀をはき違えてはなりませぬ。ここは戦略的撤退を」

パンと七海が、大地の後頭部をはたいた。

「あんた、さっき言ってたでしょ」

「なんですか？」

「私の実力をこの目で見てないって。いい機会だからよく見ときなさい。本物のアイドルの凄《すご》さを」

七海は自信満々だが、貫太は不安でならない。

案の定、相手は御薗遥香が出てきた。遥香は表情は変わらないが、やる気満々だ。

「御薗先輩頑張って！」「来人君をダンス部に！」「イケメンは目と心の栄養」と部員達が口々に叫んでいる。来人が、ぞくぞくと身震いした。

やれやれという調子で、南が訊いた。

「殿上先生、審査はどうするんです」

「南先生にお任せします」

敵に審査をさせる。七海は、よほど自信があるみたいだ。

遙香が七海に尋ねた。

「先生、曲はどうしましょうか？」

「お互い別々でいいでしょ。あなたが一番得意な曲で踊りなさい」

余裕しゃくしゃくの七海に、遙香が表情を険しくする。

曲が流れはじめ、遙香が軽快にステップを踏みはじめた。アップテンポで激しい曲だ。その激流のような流れを、遙香は完全に制している。

あの素早い動きで、なんでピタッと止まれるんだ。あの複雑なステップはなんだ？　足がこんがらないのか？

踊り終わると、遙香が一礼した。部員達から拍手と歓声が巻き起こる。

正直圧倒的すぎて、貫太は声すら出せない。実力者のダンスをはじめて目の前で見たが、こんなに迫力があるものなのか。

南も、満足げな表情を浮かべていた。

心配になって、貫太が七海に尋ねた。

「おい、先生。大丈夫なのかよ。勝てんのか？」

七海が青ざめていた。

「……どうしよ。今の学生ってこんなにうまいの？」

「おい、ふざけんなよ。あんな大見得きっといて。俺は嫌だぞ。ダンス部で奴隷なんか」

大地も加勢する。

「だから言ったでしょ。御薗先輩はヤバいって。あの人、プロでもこのレベルの人はそういないって、大会で絶賛されてたんですよ」

「あんたそれ、先に言いなさいよ」

「さっき言ったじゃないですか！　賢臣の諫言《かんげん》に耳を傾けぬ愚将として、歴史に名を刻みますぞ！」

七海と大地がギャアギャア騒ぎ立てたが、七海が少し考え込み、

「まあ、先生に任せときなさい」

ドンと胸を叩いた。

こりゃダンス部で奴隷か……来人は悲惨なことになるな……貫太は来人に向かって、ご愁傷様と手を合わせた。来人は顔面蒼白《そうはく》だ。ダンス部女子たちの舌なめずりの音が聞こえる。

凪が音響担当になったので、七海に訊いた。

「先生の曲は何にするの？」

「PDCの『ラブ&ポップ』でお願い」

それは貫太達が最初に踊った、日本のアイドルの曲だ。誰でも踊れる簡単な振りつけのやつだ。技術力の差なんか出しようがない。

「アイドル曲じゃん」「幼稚園の運動会でやる曲」と部員達がクスクス笑っている。

なぜもっと難しい振りつけの曲にしないんだ？　なんならブランケットの曲でもいいのに？

貫太の頭に疑問が渦巻く中、曲がスタートした。

七海がなめらかに動きはじめると、部員達の顔つきが変わっていった。

嘲笑が少しずつ消えていき、真顔になり、最後には衝撃の表情になる。そして興奮の色があら

われた。

貫太も、七海のダンスに見入っていた。ジワッと手に汗をかく。

振りつけを覚えるために、動画をくり返し見てきたが、アイドル本人達よりも七海の方が何倍もうまい。

テンポも遅く、簡単な振りつけなのに、なぜかキレキレに見える。どういう仕掛けなんだ。人間の体というのは、こんな風になめらかに動かせるものなのか？

最後の決めポーズの直前で、七海がメガネを取った。そして笑顔と共に、ポーズを決める。

スッと心が吸い込まれそうになるほど、魅惑的な笑顔……。

これが、アイドルのスマイルだ。

部員達から、歓声と盛大な拍手が起こった。

「殿上先生最高！」と絶叫している。

「これ、これが見たかったの！」

大地が雄叫《おたけ》びを上げ、凪、晴彦、そして来人ですら、興奮の色を隠せないでいる。

負けたという感じで、遙香も手を叩き、南が仕方なさそうに首をすくめた。

「部室、K－POP部で使いなさい」

「ありがとうございます。無理な頼みを聞いていただき、すみません」

七海が勢いよく頭を下げた。そしてこちらに戻ってくる。もう元通り、メガネをかけていた。

ふふんと七海が鼻を鳴らす。

「どんなもんよ」

貫太が苦い顔をした。

「どんなもんよ、じゃねえだろ。いいのかよ、みんなの前で素顔見せてよ」

「うっ……まあ一瞬だったからわかんないでしょ。あの子むちゃくちゃダンスうまかったから、アイドルの最終兵器を使わせてもらったわ」

「さすが先生です」

来人が頬をゆるめ、七海がにやりとする。

「来人、命拾いしたでしょ」

「はい。助かりました」

来人が言い、凪と晴彦も七海を褒め称えた。

これがプロの、本物のアイドルの実力なのか……。

しばらくの間、七海とみんなを、貫太はぼんやり見つめていた。

四

「深呼吸――」

スピーカーから音楽が流れる。貫太は、肺いっぱいに朝の空気を吸い込んだ。清涼感で、身も心も軽くなった。

タオルで汗をふきながら、じいさんが声をかけてきた。

「貫太、喧嘩はどうなった。次のカードを早く組みたいんじゃ」

「じいさん、何プロモーターしてんだよ。言ったろ。喧嘩はやめだって」

「何を言うんじゃ！　ゆくゆくは東京ドームで興行を打つ！　その夢を、昨日家族に話しとったんじゃぞ」

「ボケがはじまったって、みんなが心配すんぞ」

じいさんが、ふと気づいたように指摘した。

「でも貫太、おまえ、ラジオ体操うまくなったな」

「うまくなった？　何言ってんだ。ラジオ体操なんて誰でもできるだろ」

「アホか。ラジオ体操歴、七十年のわしが言うとるんじゃぞ。ラジオ体操は存外奥が深い」

「バカバカしい。じゃあな」

貫太は公園から立ち去った。


昼休みになり、貫太は学校の屋上にいた。大好きなピルクルを飲んでいると、

「はっ、るっ、いっ、ど君」

新堂が、跳ねながらやってきた。

「……なんだよ」

中年男性のスキップは不気味すぎる。

「聞いたよ、ダンス対決。殿上先生大活躍だったらしいな。あの氷の女王にダンス勝負で勝ったとか」

あいかわらず耳が早い。

「そうだよ。とんでもなかったよ」

あまりに衝撃すぎて、昨夜夢に見るほどだった。

「先生、Ｋ－ＰＯＰアイドルってダンスの技術が凄いのか？」

「まあもちろん日本のアイドルも十分凄いけど、韓流アイドルは練習量が半端ないからな。事務所が用意するマンションに住んで、一日中歌とダンスのレッスンに明け暮れる。コーチもつきっきりらしい。

ダンス経験がなくてもＫ－ＰＯＰの事務所に入れば、信じられないぐらい上達するらしいぞ。とにかく、Ｋ－ＰＯＰアイドルってのは、完璧を求められるんだ」

「なるほど」

公園で、七海がＫ－ＰＯＰアイドルになる苦労を語ってくれたが、あのときは話半分で聞いていた。

でも昨日のダンスで、心の底から理解できた。

七海の実力と自信は、莫大《ばくだい》な練習量に裏付けされたものだ。

新堂が咳払いをし、ササッと髪型を整えた。

「今度さ、ちょっと殿上先生に挨拶しようかと思うんだけど、春井戸の方から紹介してくれないか。ほらっ、可愛い教え子が世話になってるからな」

「先生、殿上先生は地味すぎるっていってなかったか？」

新堂がひそひそと訊く。

「春井戸、噂で聞いたんだけどな、殿上先生、メガネを取ったらむちゃくちゃ美人らしいじゃないか」

「ああ、そうだよ。見たことねえぐらいの美人だよ」

ギリギリと、新堂が強烈な歯ぎしりをした。

「おまえなあ、そういうことは早く言えよな……」

「……先生、歯が摩擦でなくなるぞ」

「絶対紹介してくれよな。なっ、なっ」

「焼肉と冷麺おごってくれたらな」

「もちろん、いくらでもおごってやる。じゃあ頼んだぞ」

ウキウキしながら新堂が立ち去っていく。

すると新堂と入れ替わりで、女子生徒がやってきた。

貫太がこの屋上をたまり場にしてから、他の生徒達は来なくなっていた。

ビシッと姿勢良く、その生徒が近づいてくる。その顔よりも、歩き姿の方に見覚えがあった。

ダンス部の部長、御薗遙香だ。

遙香が、グイッと貫太を見上げた。凛々しい顔つきなので、弓で射抜かれそうな気分になる。

武家の末裔《まつえい》だろうか。

「噂の転生ヤンキー」

「勝手に噂すんじゃねえ。俺はただの一年生、春井戸貫太だ」

「春井戸貫太、あなたに質問があります」

妙な口調の女だ。綺麗な顔立ちだけど表情に動きがない。さすが氷の女王と呼ばれるだけはある。

「なんだよ……」

「殿上先生って何者なの？」

「何者って、俺達韓国語部、じゃなくてＫ－ＰＯＰ部の顧問だよ」

「ただの先生じゃないでしょ。私よりダンスがうまい人が、そんなにゴロゴロいるわけないわ」

七海ほどではないが、遙香も相当自信家のようだ。

「それにあの先生、びっくりするぐらい美人だった。絶対、普通の人じゃない……」

「おう、先輩。誰にも言わねえって約束できるか？」

ごまかす方が面倒になる。そう判断した。

「もちろん。口は固いから」

貫太は、七海が元Ｋ－ＰＯＰアイドルで、ブランケットのメンバーだったと教える。さすがの遙香も、驚きを隠せなかった。

「ブランケットのナナミだったの」

「先輩、ブランケット知ってるのか」

「もちろん、Ｋ－ＰＯＰはよく聴くから。どうりでどこかで見たことある顔だと……」

あの一瞬で、そこまで観察していたのか。

「それで腑《ふ》に落ちたわ」

「そらよかったな」

用件が終わって、貫太は胸をなでおろした。あんまり一緒にいたくないタイプだ。息が詰まりそうになる。けれど、遙香は立ち去らない。

「おいっ、なんだよ。あっち行けよ」

「あなた、ちょっとダンスを見せなさい」

遙香の急な命令に、貫太がたじろぐ。

「……なんでだよ」

「あなた、コンテストで優勝するって大見得切ったじゃない。だから私が見て、評価してあげる。感謝しなさい」

「誰がやるかよ」

「何？　あなたの昨日の宣言は嘘だったの？　本気じゃないの。本気と書いてマジって読むのが、ヤンキーじゃないの？」

「……」

なんで、そんな古いヤンキー用語を知ってやがんだ？

ただ遙香の言うとおりだ。遙香一人の前でダンスができないようでは、大勢の前で踊れるわけがない。

遙香のスマホで、『ラブ&ポップ』をかけてもらう。逆立ちしかやってなかったので、この曲しか振りつけを覚えていない。

スゥッと息を吸って、貫太は踊りはじめた。そしてすぐに気づいた。

あれっ、俺、踊れてる？

最初のときよりも、動きがスムーズだ。この可愛らしい振りつけも、遙香の視線も気にならない。あのメイド服効果で、羞恥心が綺麗さっぱり消えたのか。

七海のダンスをイメージして踊ると、より軽快に動ける。それどころか、ダンスをするのが、楽しい――。

最後のポーズを終えると、遙香が口火を切った。

「ちゃんと動けてるわ。リズム感もいいし、キレもある。本当に素人なの？」

褒められて、肋骨《ろっこつ》のあたりがうずうずする。

「ただ、まだまだ下手よ。もっともっと上達しないと、コンテスト出場は無理。それにあなた達はK－POPアイドルを目指して出るんでしょ」

「……そうだけど、それがなんだよ」

「じゃああなたには、致命的な弱点がある」

「なんだよ。顔かよ」

ぶすっと貫太が返すと、なぜか遙香が顔を逸《そ》らした。クルッと貫太に背中を向ける。

「おい、どうしたんだよ……」

「なんでもないわ」

遙香が後ろ向きのまま、ごまかすように手を振る。

「とっ、とにかく、昨日の七海先生のダンスを思い出して勉強しなさい。またうまくなったら見てあげるから」

逃げるようにして扉の向こうまで行くと、

「またダンス見てあげるわ！」

そう扉越しに声を上げて、ガンと扉を閉めた。

「なんだ、あいつ……」

貫太は、わけがわからなかった。


「なんだよ。今日は凪も行くのかよ」

いつものようにメイド姿でのビラ配りのため出かけようとすると、今日は凪も一緒だった。ちなみに七海はいない。

凪が答える。

「塾があるって言ったんだけど、先生が行けって言うから」

本当は嫌々なのだろうが笑顔なので、あまり拒否感が伝わらない。

大地が偉そうに言う。

「凪、俺達はメイドの先輩だからな。なんでも訊けよ」

大地はメイド姿にハマりすぎて、ここで働けないかと達也に真剣に相談していた。

店に入り、凪が達也に驚く。これがこの店の、初入店時のお決まりだ。

全員でメイドの制服に着替える。凪が貫太の足を見て、目を丸くする。

「貫太、足の毛がないじゃん」

「おうっ、こっちの方がいいだろ」

ムダ毛処理に最初は抵抗があったが、今はなんとも思わない。

「どうせメイド姿になるんなら、綺麗な方がいいからな」

「……貫太、変わったね」

ヤンキーとメイドは正反対だ。あきらかに矛盾しているのだが、貫太の中ではなぜか違和感が薄れていった。

凪がスカートを穿《は》き終えると、大地が恍惚《こうこつ》として言った。

「……凪、おまえ可愛いな」

貫太も凪を観察する。凪は小柄で童顔なので、たしかにメイド姿がよく似合っている。この店で働いていても違和感がない。

凪が、鏡で自分を見てみる。

「そうかな？」

その姿で笑顔だと、より可愛く見える。

「……凪、たまに部活でもその格好してくれよな」

ポンと、大地が凪の肩を叩いた。

貫太、大地、晴彦、凪でビラ配りをはじめる。メイド姿は慣れたが、やはりビラはもらってもらえない。

すると不思議な現象が起きた。なぜか凪だけが、ビラを配れている。貫太達の方が慣れているはずなのに、どうしてだ？

その光景を見て、大地がハンカチを嚙《か》みしめた。

「くっ、やっぱりあの可愛さが……」

「ハンカチ嚙むなよ……」

貫太が不気味そうにツッコんだ。

終わりの時刻を迎え、みんなは帰っていった。

貫太だけなんとなく店に残っていると、達也が入ってきた。

「おうっ、なんだ。まだいたのか？」

「もう帰るよ」

「腹減ってねえか」

「ペコペコだよ」

「じゃあちょっと待ってろ」

そう言うと、達也が部屋を出て行った。

すぐに戻ってくると、手に皿を持っていた。

オムライスだ。

卵がトロトロで、まるで型で抜いたように形が整っている。見ているだけで生唾が出てきた。

「なんだよ、これ。店の女の子が作ってくれたのか」

「俺が作った」

「……嘘だろ」

「仕上げだ」

達也がケチャップで、可愛い女の子のイラストを描く。『かんたくんおつかれさま』という丸文字を添えて。

信じられないほど、絵も字もうまい。これだけでバズりそうだ。

「食え」

貫太のリアクションに満足したのか、達也がうまそうにタバコを吸う。

食べるのがもったいないが、そろそろとスプーンで口に運ぶ。

「うまい」

卵とチキンライスのハーモニーがたまらない。タマネギの甘味と食感が素晴らしい。ケチャップも、まるで味の深みが違う。オムライスの概念が変わるようなうまさだ。

「そうだろ。これがうちの店の味だ。卵も鶏肉もタマネギも信頼できる生産者から直接仕入れてるし、ケチャップも自家製だ。従業員も俺のテストに合格できなきゃ、このオムライスは作らせねえ」

「正直この手の店で出す料理は、味は期待できねえって思ってたよ」

嬉《うれ》しそうに、達也が貫太を指さした。

「そこ、そこが狙いだ。メイドカフェで出すオムライスが死ぬほどうまい。そのギャップで、うちの店は人気があんだよ」

見た目はおっかないが、達也は優秀な経営者みたいだ。

すぐに完食すると、コーヒーも淹《い》れてくれた。豆から挽《ひ》いた極上のコーヒーだ。香りも味も申し分ない。

貫太がコーヒーを飲んでいると、達也が嬉々《きき》として言った。

「聞いたぞ。七海がダンスを披露したそうだな。俺も見たかったぜ」

「達也さんは、先生のファンだったのか」

「まあな、俺の中じゃあいつは大スターだ。ソジンよりも七海の方がだんぜん上。俺はナナミペンだな」

七海といるときはふざけ合っているが、こっちが本心なんだろう。

「先生と達也さんって、小学校からの同級生なんだろ？　小さい頃は、どんな感じだったんだ」

「そうだな」

達也が、フウと煙を吐き出した。

「家が近所だったから二人でよく遊んだな。あいつはほんとやんちゃでな、よく男子と殴り合いの喧嘩をして、俺が泣きながら止めてたな」

「なんでだよ。逆だろ」

「まあな」

達也がにやっと笑う。

「で、あいつは中学生になって、ずっとやってたバスケットを辞めて、とつぜんダンスと歌をはじめた。Ｋ－ＰＯＰアイドルになるってよ。で、韓国の事務所の練習生になった。とんでもない行動力だよな」

「普通じゃやねえよな」

さすがダンス部に乗り込んで、南先生に喧嘩を売るだけはある。

「あいつが練習生の時、一度日本に戻ってきて、俺と会ったんだけどな、見違えるほど綺麗になってた。本当に努力したんだろうなってわかったよ。そしたらよ、俺はガクッと落ち込んでな」

トントンと、達也が灰皿にタバコの灰を落とす。

「なんでだよ」

「その頃の俺は、プラプラとキャバクラのボーイをしてただけだからな。夢も目標もなんもなかった。だからアイドルを目指す七海がまぶしかったんだ」

今の達也の姿からは信じられない。

「そしたら七海がよ、オモニの店に連れて行ってくれたんだ」

達也もオモニを知っているのか。それは初耳だった。

「それからオモニと仲良くするうちにさ、オモニが俺に言ってくれたんだよ。俺には料理と、女の子をうまく扱う才能があるってな」

従業員も七海も、達也を信頼している様子だった。それが、達也の才能なのだろう。

「オモニと話してるうちに、だんだん自分に自信が持てるようになってきた。それで閃《ひらめ》いたんだ。メイドカフェやろうってよ」

「なんでそうなるんだ」

「夜の街で働いてるとな、家庭環境が複雑な女とばっかり出会うんだよ。そういう奴《やつ》らに居場所を作ってやりたい。安心して働ける職場をな。オモニと話してさ、なぜかふとそう思ったんだよ」

「そっか」

たしかにここの従業員は、みんな楽しそうに見える。達也が、その環境を作っているのだ。

成熟した大人って、こういう人のことを言うんだな。そんな人物と出会えたことに、貫太は胸を弾ませた。

「で、今日のビラ配りはどうだった？」

達也が話題を変えた。貫太が、お手上げのポーズを取る。

「ぜんぜんダメ。あっ、でも凪だけはちゃんと配れてたな」

「まああいつならな。うちの店でも働いてほしいくらいだ」

「あいつ、メイド姿似合ってたもんな」

「それもそうだけどよ、お前達と比べて凪は、決定的に違う点があるだろうが」

「違う点？　なんだよ」

達也が、あわてて口をふさいだ。

「おっと、あぶねー。七海にきつく口止めされてたんだった」

今日は、凪も行けと七海が命じていた。あれは何か理由があったのか？

「七海が言ってたぞ。アイドルの世界で必要なのは観察力だって」

「観察力……」

「まあ貫太、おまえならすぐに気づけるだろ」

「なんでそう思うんだよ」

「おまえと俺は似てるからな」

ポンと貫太の肩を叩いて、達也は出て行った。

翌日も、貫太達はメイドカフェに向かった。あとで七海も来るとのことだ。

電車に乗ると、大地が疑い深そうに訊く。

「おい、貫太。おまえ御薗先輩と屋上で話したのか？」

貫太がぎょっとする。

「なんで知ってんだよ」

「噂になってんだよ。氷の女王と転生ヤンキーがしゃべってたって。何した？　女王に元の世界に戻る秘法を訊いてたのか？」

頭が痛くなる。高校ではなくて、探偵かスパイの養成所じゃないのか。

事情を説明すると、大地が納得した。

「なるほど。七海先生の件か……」

「まあ口は固いって言ってたから大丈夫だろ」

「それよりなんでおまえに訊くんだ？　おまえみたいな学校一の危険人物に訊くより、俺のような草食系ぽっちゃりボーイの方が安全だろ？」

「……そういやそうだな」

遙香は、一切貫太を怖がっていなかった。

「いいなあ。うらやましいなあ」

「でも御薗先輩って変なやつだぞ」

「あんだけ美人だったら、一つや二つぐらいおかしなとこがあってもいいの。ヤバイ宗教かけ持ちしてても、世界征服企《たくら》んでてもＯＫ。今度先輩と話すときは、俺も誘えよ」

「わかった、わかった」

俺の周りには、おかしなやつしか寄ってこないのだろうか。

店に到着して着替えを終えると、早速ビラ配りをはじめる。もう羞恥心なんて藻屑《もくず》と化している。

昨日と同様、凪だけはビラを受けとってもらっている。慣れたのか、昨日よりもはける枚数がさらに増えていた。意味がわからない。

アイドルに必要なのは観察力——。

達也との会話を思い出す。貫太は、凪をよく観察してみた。

もらってくれそうな人を、見極めて配っているのか？　いや、そうじゃない。だったらなんだ？

そこでハッとした。もしかして……。

貫太は自分の口を、グーッと指でひっぱった。大地が、不気味そうに尋ねた。

「貫太、何やってんだ？」

「大地、わかったぞ。凪だけがチラシを受けとってもらえている理由が」

「なんだよ」

貫太がニッと歯を見せた。

「笑顔だよ。スマイルだ」

「どうした？　変なクスリでも飲んだのか？」

「バカ、そうじゃねえよ」

貫太が説明すると、大地が膝を打つ。

「なるほど。凪のやついっつも笑ってるもんな」

七海は、スマイルがアイドルの最終兵器だと言っていた。間違いない。

貫太は、にらんで人を怖がらせるのは得意だが、笑顔を振りまくなんて、今までの人生でやったことがなかった。

大地が、ピシャピシャと頬を叩いた。

「笑顔なら任せろ。太ったやつのほっぺたは柔らかいんだ」

ダッと大地が駆け出し、ビラを配り出した。貫太は、晴彦にもそれを教える。貫太と晴彦は、これに関しては苦手分野だ。

店に戻ると、達也と七海が待ち構えていた。

七海が早速尋ねる。

「で、今日はどうだったの？」

バサッとビラをテーブルの上に置く。が、その枚数はいつもより少ない。

貫太、大地、晴彦で「せーの」とかけ声を合わせ、ニッと満面の笑みを作って見せる。ぎこちないけど、今の三人の渾身《こんしん》の笑顔。

ふふんと七海が鼻を鳴らした。

「やっと気づいたようね。そう、アイドルの基本にして最大の武器は笑顔」

七海がメガネを外し、ニコッと笑いかける。思わずドキッとするような、太陽みたいにまぶしい笑顔だ。

「ビラみたいな迷惑そうなものでも、笑顔で愛想よく渡したら、案外受けとってもらえるものよ」

七海が立ち上がった。

「それだけじゃない。ダンスだって表情が大事。かっこいい表情、セクシーな表情、甘い表情」

パッ、パッとそれぞれの表情を見せる。その切り替えの早さと、感情表現の豊かさに驚かされる。

「『表情管理』っていうんだけどね。これがアイドルの武器なのよ」

大地がぶつぶつと言う。

「それだったら最初から教えてくださいよ」

「何言ってんの。自分達で気づくからこそ学びになるんでしょ」

達也が茶々を入れる。

「やるねえ、七海先生」

「うるさい」

七海がにらみつけると、大地に顔を戻した。

「それに大地、メイクの技術だいぶ上がったわよ。メイクはK－POPの重要な要素だからね。今のあなたは綺麗だわ」

「ほんと、先生？　あたい、綺麗？　舞踏会に行ってもいい？」

大地がウルウルと目を潤ませる。

「さっ、これでメイドカフェ体験はお終《しま》い。明日からビシバシしごくわよ」

七海が声高らかに言った。

五

「ふーん、メイド姿でビラ配りか。七海先生も面白いこと考えるわね」

御薗遙香が、興味深そうにうなずく。

貫太が屋上にいると、遙香がまた訪ねてきた。約束なしで家にやってくる、小学生の友達か？

あれこれと質問してくるので、仕方なく答えていた。

「貫太、じゃあその練習したスマイルをここで見せなさい」

また上から目線で命じてくる。

「なんでだよ。やだよ」

「私が見たげるのよ。うちの部員だったらみんな喜ぶわ」

「しゃあねえな……」

グッグッと顔をほぐす。表情管理。表情管理。鏡の前で練習はしているが、まだうまくできない。

腰を落として、遙香に顔を向ける。精一杯の、できる限りの笑顔を作った。

遙香が、サッと顔を逸らした。また後ろを向いて、何やら深呼吸をしている。どうやら笑いを堪《こら》えているようだ。

「先輩、笑うなよ」

ぶすっとして貫太が言うと、遙香がこちらを向いた。

「笑ってなんかないわ。まだ表情がぎこちないから、もっと練習しないとダメね」

「じゃあ先輩、スマイルの手本を見せてくれよ」

遙香が急に怒りだした。

「はっ、何言ってんの！　なんでそんなことやらなきゃならないの。バッカじゃない！」

「……そ、そんなに怒んなよ」

怒りのスイッチがまるでわからない。やっぱり変な人だ。

「それより先輩、もうここに来て、俺と会わない方がいいぜ」

「……どうしてよ」

遙香が声のトーンを落とし、「ほらっ」と貫太が顎でしゃくってみせる。

対面する校舎の窓から、生徒達がこちらを窺《うかが》っていた。中には、双眼鏡を持っているやつもいる。

ってか、あれ大地じゃねえか。あいつ何やってやがんだ。

ペシッと遙香がはねつける。

「あんなのほっときなさい」

「俺はかまわねえけど、先輩に迷惑かかるぜ」

「いいの。とにかくちゃんと笑顔の練習しときなさいよ」

そう言い残すと、遙香は立ち去っていった。

Ｋ－ＰＯＰ部では、レッスンが本格的にはじまった。

ダンス部の部室なので、広々としている。しかも壁一面が鏡になっているので、フォームのチェックがしやすい。なんて贅沢《ぜいたく》な環境だ。

ただ、中で行われているのは、ダンスの練習ではない。

軽快な音楽が流れる中、

「はい。正拳突《せいけんづ》き」

七海のかけ声に、全員が空手の正拳突きをする。ハッ、ハッ、と貫太は軽快に拳《こぶし》を突く。空手は貫太の十八番《おはこ》だ。

空気を切り裂く音が、隣からも聞こえる。来人だ。動きにキレがある。

窓から女子達が、「来人君、かっこいい」と黄色い声を上げた。来人の推しはどこからともなく湧《わ》いてくる。虫除《よ》けスプレーをふきかけないと。

その中の二人が大地を見て、「何あれ、肉揺れてんだけど」「おっぱい私よりありそう」とクスクス笑った。

それが聞こえたのか、大地が動きを止めた。恥ずかしそうにうつむいてしまう。

七海がツカツカと窓際に近寄り、シャッとカーテンを閉めた。アーッと悲鳴が漏れ聞こえてくる。

「大地、あんなの気にしない。続けなさい」

「……わかりました」

大地がもう一度動きはじめるが、あきらかにしょげている。

はい止めて、と七海が声をかけると、大地が倒れ込み、晴彦、凪がドサッと座り込んだ。貫太、来人もハアハアと息が乱れている。

　これはかなりきつい。貫太でもこうなのだ。体力のない大地達には、かなりの負担だろう。

　貫太がTシャツの首元を伸ばして、汗を拭く。

「おい、先生。いつからここは空手部になったんだ」

　七海が答える。

「空手にはダンスの要素があるのよ。この中じゃ来人が一番スジがいいわね」

　はっ、と貫太が抗議の声を上げる。

「おいおい、ふざけんな。俺の方が勢いと迫力があるだろうが」

「あんたは人を殴るつもりでやってるでしょ。ダンスで大事なのは、これっ」

　七海が拳を打ち、ピタッと止める。

「この止める動き。止めがピタッと決まれば、ダンスはかっこよく見える。正拳突きはその練習」

「なるほど」

「空手の形の経験者とか、ダンスがうまいわよ」

　貫太が、念のために来人に尋ねた。

「……おまえ、まさか空手もやってたのか？」

　来人が無表情で返す。

「やってた。ニューヨークで」

　反射的に貫太は、大地を見た。ただ大地はグロッキーで、まだ床で寝転んでいる。今は妬む元気もないようだ。

「ほら、大地。体重測定」

七海が命じ、大地がヨロヨロと起き上がる。大地が体重計に乗ると、七海が眉間にしわを寄せた。

「何これ、ぜんぜん減ってないじゃない。大地、あんたちゃんとダイエットしてるの？」

「……すみません」

「あんたね、K－POPアイドルはスタイルも完璧じゃないとだめなの。私なんか練習生時代ピザ一枚食べただけで、『ナナミ、おまえは今すぐ日本に帰れ』っておどされたんだからね」

当時を思い出したのか、ぶるっと体を震わせる。

「さっきみたいに笑われたくなかったら、まず体重を落としなさい」

「……わかりました」

大地が肩を落とした。最近、いつもの軽口を叩かず、元気もなさそうだ。ちょっと気になる。

晴彦も、ハアハアと肩で息をし倒れこんでいる。それを貫太が見とがめた。

「おい、晴彦、お前ちょっと体力なさすぎだぞ。普段からもっと走ったりしろよ」

「ごっ、ごめん……」

ボタボタと晴彦の汗が床にこぼれ落ちたが、その汗も疲れきっていた。

すると凪が、帰り支度をはじめていた。

「おい凪、まだ練習あるだろ」

凪がヘラッとして答える。

「ごめん、もう期末テストが近いから、塾の時間が早いんだ」

貫太がイライラする。

「塾って……早帰りするくせに、ヘラヘラすんなよ」

その瞬間、ふいに凪の表情に何かが走った。一瞬だけなので、それが何かはわからない。

「ごめんね」

凪は笑顔を崩さずに、そう答えた。


翌日、部活に行くと、七海、来人しかいなかった。

貫太がキョロキョロする。

「あれっ、他の三人は？」

七海が不機嫌そうに答える。

「来てない」

「あいつら、バックレやがったな……」

その予兆は濃厚にあった。

「先生のせいだろ。先生の」

「なんで私のせいなのよ」

「大地にあたりきつかったじゃねえか。そりゃＫ－ＰＯＰアイドルが太ってんのはおかしいぜ。でもよ。俺達部活だぞ。太ってるアイドルがいてもいいじゃねえかよ」

「……」

悔しいのか、七海が反論する。

「貫太だって、晴彦と凪にきつくあたってたじゃない」

「……そりゃあ、あいつらが真剣にやらねえから」

そこで貫太が気づいた。

「ってか来人、おまえ何してんだよ」

二人の話を無視して、来人がストレッチをはじめていた。

うるさそうに来人が返した。

「先生、早く練習しましょう」

貫太が声を荒らげた。

「他の三人がいないのに、一人だけ練習してどうすんだ。俺達はグループだぞ」

「知るかよ。俺は別にソロでもいい。俺が一人でパフォーマンスして優勝する。それでオモニの店を宣伝すればいい」

七海が一拍おいて、ポンと手を叩いた。

「……それもありねって、そんなわけにはいかないでしょ。とりあえず今日は練習を止めて、作戦会議にしましょう」


三人でオモニの店に行く。

いつもの冷麺を食べると、胃と心が落ちついた。七海と来人も似たような心境なのか、表情がおだやかになった。この冷麺は、貫太達の精神安定剤でもあるみたいだ。

貫太が口火を切った。

「……で、どうすんだよ」

来人が、ハンカチで口元を拭く。

「やる気がないんなら、どうしようもない。イギリスのことわざにもある。『馬を水辺に連れて行くことはできても、水を飲ませることはできない』」

「……イギリスにもことわざがあんのか？　いや、そこじゃなくて、あいつらは馬じゃねえぞ」

七海が補足する。

「例《たと》えでしょ、例え。本人にその気がなかったら、こっちが強制的にさせても無駄ってこと」

「……」

あの三人は、元々貫太が無理矢理仲間に引き込んだ。これまではなんとなくでやってきたが、練習が過酷すぎて、みんな我慢が限界に達したのか？

来人が提案する。

「どうしてもグループで出るんだったら、誰かダンスができるやつを入れればいい。コンテストで優勝したいなら、それでいいはずだ」

「……まあそれも仕方ないわね」

七海が浮かない表情で言うと、貫太が声を大きくした。

「それはダメだ」

来人が妙な顔をする。

「なぜだ？　やる気がないダンス初心者よりは、おまえもそっちの方がいいだろ。優勝できる確率が高い」

少し間が空いて、貫太が首を横に振る。

「……とにかくダメだ」

自分でもよくわからない。来人の言うとおりだと頭では認めているが、心が受け入れてくれない。

やれやれと来人が言う。

「具体的に、あいつらをどう連れ戻すんだ？」

「……げんこつで言うことを聞かせるか」

七海が、ゴンと貫太の頭を叩いた。

「アホか。そんなことしてもまた逃げられるだけでしょうが。ほんとヤンキーはこれだから」

「……先生の方がヤンキーじゃねえか」

呼吸をするように、手が出るのが七海だ。

「貫太がみんなの話を、じっくり聞いてあげなさい」

オモニがそこで口をはさんだ。

「人にはそれぞれ事情があるからね。丁寧に、心を込めて話を聞いてあげれば、みんなきっと戻ってきてくれるさ」

「やだよ、そんなのめんどくせえ。俺は離島の先生じゃねえんだぞ」

オモニがスッとチラシを出す。

「海外の地下施設で強制労働するバイトなんだけどね。時給がいいんだよ」

今度は、手と足に鎖をつけた人が苦しそうにうめき、覆面姿で鉄球を持った男が監視している。働かされている人の額には、謎の文字が刻まれている。芸が細かい。

貫太が観念する。

「わかった。わかった。あの三人の話を聞いてくりゃいいんだろ」

「さすが貫太はサンナムジャだ」

オモニが、満足そうにうなずいた。


大地がラーメン屋でラーメンをすすっていると、貫太が隣の席に座り、テーブルに肘をついて「おい、うまそうだな」と声をかけた。ブッと大地が麺をふきだした。

「汚《きたね》えな」

貫太が顔をしかめると、大地が口端から麺を出したまましゃべり出す。

「なっ、なんで貫太がいんだよ」

貫太は答えない。

七海から大地の家の住所を聞き、まず家に赴いた。そして大地の母親から、たぶんここにいるだろうと聞いた。

大地がラーメンを食べ終えてから、二人で近くの公園に行き、ベンチに座った。

二人で黙って空を見上げる。茜空《あかねぞら》に薄い雲がたなびいていた。遊具で遊んでいた子供達を、母親達が迎えにきている。カチカチと街灯がまたたき、虫が群がっていた。犬が鳴いて、長い夜を呼び込もうとしている。

沈黙に耐えられなかったのか、大地の方から再び切り出した。

「おい、なんか言えよ。訊きたいことがあるんだろ」

「訊きたいことってなんだよ」

「ほらっ……なんで部活休んだのかとか、なんで猫は爪を切るのを嫌がるのかとか」

「なんで猫は爪切るのを嫌がるんだ？」

「バカ、そっちじゃねえだろ。こんな簡単な二択間違うなよ」

貫太がため息をつく。

「部活休んだのは、レッスンがきつくてダイエットも嫌だったからだろ。そんなの全部先生のせいだ。先生の」

「……まあそうだけどさ。先生は別に悪くないよ。俺が食欲を我慢できないだけだからさ」

貫太が背筋を伸ばした。

「俺は別におまえが太ってても、いいと思うぜ」

「……女子達に笑われただろ。太ってるやつのダンスなんて、いい笑いもんだよ」

「なんだよ。そんなこと気にしてんのか。笑いたいやつは、笑わしとけよ」

「俺は笑われたいんじゃねえ。モテたいんだよ」

「なんで、そんなにモテてえんだ？」

濁った息を吐くと、大地が背中を丸めた。

「俺さ、二つ上に兄ちゃんがいるんだ」

「大地と似てんのか？」

「ぜんぜん」大地が首を振る。「似てるどころか正反対だよ。イケメンで背が高くて勉強もできてスポーツもできる」

「来人じゃねえか」

「そだな。まあさすがに来人ほどのイケメンじゃねえけど、それでも俺とは比べものになんねえ。父さんも母さんも、じいちゃんもばあちゃんも、みんな兄ちゃんばっかり可愛がる。俺のことなんか、誰も見向きもしねえ。俺はこの石ころみたいなもんだ」

カツン、と大地が地面の石ころを蹴る。

「だからさ、この世界に誰か一人ぐらいは俺のことを好きになってくれる人がいないかなって。そんな彼女を見つけたら、俺はハッピーになれるんだって考えるようになった」

「それでモテたいのかよ」

「ああ」大地がうなずく。「でもこんな体型じゃ、彼女なんて夢のまた夢だ」

大地が、ムギュっと腹の肉をつまむ。

「痩せなきゃ、痩せなきゃとは思うんだけど、我慢できずに食べちまう。ダメだ、ダメだと思うほど、コーラをガブ飲みしちゃうんだ。情けねえだろ。笑ってくれよ」

「バカ、仲間を笑うわけねえだろ」

自分で口にして、自分で仰天する。

仲間——。

俺はいつの間にか大地達を、仲間だと思っていたのか。そうか。だから俺は、三人のことを切り捨てたくなかったんだ。

目を丸くして、大地が自分を指さした。

「仲間って俺のことか？」

「当たり前だろ。おんなじグループの、しかもメイド仲間だ」

心を確かめる。嘘ではない。本心からの発言だ。

仲間を大切にする。

それはヤンキー漫画の主人公達もそうだった。彼らの一員になれたようで、貫太はなんだか嬉しかった。

「貫太……」

大地の瞳がうるんだ。

「大地、俺はおまえのこと嫌いじゃねえぜ。おもしれえしよ。まあちょっと調子乗りなとこはあるけどな。大地のこと好きな女も絶対いるよ」

「……ありがとな」

グスッと大地が鼻をすする。

「おまえ、いいやつだな。ヤンキーってこの世の粗大ゴミだと思ってたけど、貫太みたいにまだ使えるのに捨ててある、金持ちの家の粗大ゴミもいるんだな」

「……それ、褒めてんのか？」

「俺、やっぱりK－POP部続けるよ。韓国語もまだ勉強してえしさ」

貫太が頬をゆるめた。

「喉渇いたな。なんかジュースおごってやるよ」

貫太と大地が立ち上がり、自動販売機の前に立った。

「大地、コーラでいいか？」

「水にしてくれ。本気でダイエットしてみるよ」

そう大地が鼻から息を吐き、貫太は微笑《ほほえ》んだ。水のボタンを押そうとすると、

「貫太、ちょっと待ってくれ」

「……なんだよ」

「やっぱりダイエットコーラにしてくれ。普通のやつじゃないぞ。カロリー考えてゼロだ」

「これぞ大地だな」

貫太はおかしくなった。

六

「なあ先生、特進クラスって勉強が大変なのか？」

いつもの屋上で、貫太が新堂に尋ねた。

「まあな、うちの特進クラスは県内の進学校の中でも別格だな。生徒の大半が、難関国公立大学か、私立の有名大学に進学するからな」

「……そっか」

凪は特進クラスだ。本来なら、貫太達に付き合わせるのは難しいのかもしれない。

「あっ、あとおまえに言われた三組の片野《かたの》晴彦についても調べといたぞ。休んでいる理由は体調

不良だそうだけど」

凪と大地は登校はしているが、晴彦は学校にすら来ていない。

「片野は、中学生の頃は登校拒否していたみたいだな」

それは知らなかった。

「ちょっと引っ込み思案な性格で、クラスでも目立った存在じゃないみたいだ」

K－POP部の中でも、晴彦はもっとも口数が少ない。自分から口を開くことは皆無で、貫太達から話しかけても簡単な返事しか返ってこない。それにいつもどこか怯《おび》えて見える。

新堂が、もじもじと切り出す。

「それよりさ、春井戸キュン。あの、殿上先生との食事会はどうなったのかな？」

「今いろいろ忙しいんだよ。全部片付いたら、セッティングするからさ」

「わかった。頼むぞ。おまえが先生の最後の切り札だ」

新堂が立ち去ると、続けて遙香があらわれた。この前も、こんな登場の仕方だった。新堂が消えるのを待っていたのだ。

「……貫太、あなた新堂先生と仲がいいの？」

「担任っていうだけだよ。てか先輩、なんの用だよ」

「用って、あなたこそ私に用があるでしょ。ほら何か聞きたいことあるでしょ」

遙香が、なぜか不機嫌になる。意味不明な返し方だが、ちょうどよかった。

「先輩、部で部員がもめたらどうやってまとめるんだ」

遙香は、強豪ダンス部の部長だ。そういう経験は豊富だろう。

「そうね。とにかく部員の話を聞いてあげるわ。対話が一番大事だから」

オモニと同じ意見だ。

「ダンス部には特進クラスのやつはいないのか？」

「私、特進クラスよ」

「えっ、そうなのか？」

美人でダンス部の部長で勉強もできる。来人に負けないほど、遙香もハイスペックなのだ。

「勉強と部活の両立って、難しいんじゃねえのか？」

「それはそうよ。でもできないことはないわ。部活で時間を取られる分、集中して勉強をするでしょ。それに高校の部活は、高校生の間にしかできないじゃない。それを捨てて勉強だけするなんて、絶対もったいないわ」

「そうだよな」

思ったよりいい意見が聞けた。貫太は、ポケットからスマホを出した。

「先輩、ＬＩＮＥ交換してくれよ。またいろいろ教えてくれ」

遙香があわてふためいた。

「えっ、あなた、スマホ持ってないんじゃないの？」

「なんでそんなこと知ってんだ？」

「そっ、そりゃあ、貫太は有名人だもの。転生する前の時代はスマホがなかったから使えないって設定になってるわよ」

「なんだよ。設定って……大地が目の疲れない保護シールがあるって教えてくれたんだよ。それ貼ってイジったら大丈夫だった」

七海や来人がオモニと連絡しているのがうらやましすぎて、貫太もついにスマホを購入した。

連絡先を交換すると、

「なんでも聞きなさい。特別に教えてあげるから」

遥香が屋上から出て行った。心なしか足取りが軽い。やっぱりおかしな先輩だ。


放課後になって教室に行くと、大地が来ていた。

大地が、ガバッと七海に頭を下げる。

「先生、すみません。部活サボって」

七海も気まずそうに返す。

「……こっちも悪かったわよ。なんかプロの感覚でやっちゃって、大地の気持ちを考えなかったから」

素直さが先生のいいところだな、と貫太は気分がよくなった。

大地が意を決して言う。

「ダイエットも頑張ってみます」

そこで貫太がフォローする。

「大地、昨日も普通のコーラじゃなくて、カロリーゼロのを選んでたからな」

「貫太、やめろよ。先生が俺に惚《ほ》れたらどうすんだよ」と大地が照れ臭そうにする。

「……まあ、大地なりのペースでやりなさい」

七海が、複雑な表情で言った。

ただ凪と晴彦の姿はなかった。来人、貫太、大地の三人で練習を終えると、貫太はある場所に向かった。

凪の塾だ。

夜の十時だが、塾が入るビルの窓からは明かりが漏れている。

そのビルの前では、迎えに来た親達が待っている。塾に通うには、子供だけでなく親も大変みたいだ。

授業が終わったのか、生徒達がゾロゾロと出てきた。みんな疲れと寝不足のせいか顔色が悪く、背筋も曲がっている。ここまでして勉強する意味が、貫太にはわからない。

ただ貫太の姿を見て、全員がぎょっとする。ザザッと距離を置かれるが、学校よりもその距離感が遠い。偏差値とヤンキーとの距離は比例するみたいだ。

やっと凪があらわれた。貫太は、その背中に声をかける。

「凪」

「貫太、なんでここに？」

凪が目をパチクリさせた。

二人で一緒にファミレスに入った。席に着くやいなや、貫太はガバッと頭を下げた。

「凪、悪かったな。ヘラヘラすんなって怒っちまってよ」

ハハッと軽い調子で凪が返す。

「そんなこと言いにわざわざ来たの？　まったく気にしてないよ」

貫太が、まっすぐ凪を見据える。

「そんなことじゃねえだろ、凪。俺はおまえを傷つけたんだ。あれは言っちゃいけない言葉だった」

ほんのわずか、スッと凪の口角が下がった。

あのとき、凪はいつものように笑っていた。でもその目は笑っていなかった。瞳の中の湖面に石を投げたように、悲しみの波紋が広がっていた。その波のゆらめきが、貫太の胸をかき乱していた。

凪が立ち上がり、ドリンクバーに向かった。戻ってくると、手にはココアを持っていた。

不思議だ。ココアは見ているだけで、口の中が甘くなる。たぶん、何か特別な飲みものなんだ。

凪はそれを、ゆっくりと時間をかけて飲む。その間、貫太は口を閉ざしていた。

凪はほっと息を吐くと、ニッと口角を上げて、貫太の方を見た。

「ココア、好きなんだ」

「わかるよ」

今の凪の笑顔は、本当に嬉しそうだ。凪はいつも笑みを絶やさないが、瞳で感情がわかる。短い付き合いだが、貫太はそれを察知できた。

貫太が、真剣に語りかける。

「凪、俺はおまえと一緒にＫ－ＰＯＰをやりてえ」

凪が首を振る。

「僕とやるよりも……他のダンスできる人と組んでやった方がいいよ。その方が百万円取れる可能性が高いでしょ」

来人と同意見だ。

「俺のことはどうでもいいんだよ。おまえの気持ちはどうなんだ？　本当はやりたいんじゃねえのか？」

Ｋ－ＰＯＰ部でまず仲良くなれたのが、凪だ。いや凪は、この学校ではじめてできた友達だ。俺は、凪と一緒にやりたい。

ググッと貫太が凪を見つめると、凪があきらめたように、本音をこぼした。

「……本当は続けてみたい。韓国語もダンスもすっごく楽しい」

「メイド姿のビラ配りは？」

「本当のこと言うと楽しかった」

「実は俺もだよ」

貫太と凪で笑い合い、凪が続ける。

「貫太も来人も大地も晴彦も七海先生も、みんな好きだ」

「じゃあ一緒にやろうぜ」

凪が語気を弱める。

「でもできない」

「勉強があるからかよ」

「うん……正直成績が下がってきたんだ」

徐々に口角が下がり、そこで凪の笑顔が完全に消えた。

そこまで勉強が、成績が大事なのか。自分がやりたいことを抑えてまでも……貫太には理解ができなかった。

「貫太、僕いつもヘラヘラ笑ってるだろ。あれ……理由があるんだ」

「理由？　笑顔にか？」

「そう、僕の母親は今は再婚してるんだけど、昔は本当のお父さんと暮らしてたんだ。そのお父さんはすっごい悪い人だった。僕のお母さんを殴るんだ」

「……DVってやつか」

「うん。そうだね。お母さんに暴力を振るうたびに、子供の僕は泣きわめいた。本当に、本当に怖かった……」

その光景を思い出したのか、凪の顔から血の気が引いた。瞳を灰色の幕が覆う。

「僕が泣きわめくと、父さんが怒鳴った。『うるさい。静かにしろ』って。それで『おまえのしつけが悪い』って激昂して、余計に母さんを殴った」

「ひでえな」

貫太の父親も、女を作って家を出て行くようなろくでなしだったが、暴力的ではなかった。

「それで僕は笑うようになった。笑ってた方が、母さんは殴られなかったから」

父親が母親を殴り、それを笑顔で見守る子供……どれほど悲惨な光景なんだ。

「民生委員さんが親身になってくれたおかげで、僕達は父さんから逃げ出せた。離婚も成立した。それからしばらくして、母さんは再婚した。新しいお父さんは、とてもいい人だった」

「よかったじゃねえか」

「うん。ほんとよかった」

凪がニコッとするが、目に光はない。

「……でも僕は、何があってもどんなときでも笑うようになった。悲しいときも、苦しいときも、腹が立つときも、ヘラヘラと笑っちゃう。僕は、自分の感情がわからない人間になってたんだ」

「そういうことかよ……」

ヘラヘラすんなよ——。

貫太がそう怒ったとき、凪の目によぎった悲しみの波紋の理由が、今はっきりとわかった。

「今のお父さんはいい人だけど、勉強に関しては厳しくてさ。だから僕は、お父さんの期待を裏切らないためにも、頑張って成績を上げる努力をした。そのおかげで特進クラスにも入れた。韓国語部に入ったのも、勉強に支障をきたさない、楽な部活だから。それと韓国語がうまくなりたかったんだ」

「なんだよ。好きな女が韓国の人なのか」

ハハッと凪が笑った。

「よくわかるね」

「マジかよ」

びっくりした。冗談のつもりが、的中してしまった。こいつもしかして、隠れた遊び人なのか。

大地が知ったら、また怒り心頭になる案件だ。

とつぜん、貫太が話題を変えた。

「凪、ダンス部の御薗先輩っていただろ？」

女子の話で思い出した。

「さっき知ったんだけどな、先輩は特進クラスらしいぞ」

「……そんなのうちの学校じゃ全員知ってるよ。知らないの、貫太だけじゃないの」

「そうなのか……まあいいや、先輩が言ってたんだけど、特進クラスでも部活と勉強両立できるって。部活ができるのは、高校生の今だけだって」

「……」

凪が考え込んでいる。

「そうだ。俺、先輩のＬＩＮＥ知ってるからよ。両立のコツ、教えてもらおうぜ。なっ」

凪が仰天する。

「貫太が御薗先輩のＬＩＮＥを？　いつの間に？」

「ちょっと待て、今聞いてやるよ」

貫太がスマホを出して、『先輩、勉強のコツ教えてくれ』と送ると、すぐに既読になって、『教えてあげる』と返信がきた。

貫太がスマホを凪に向ける。

「なっ、これでバッチリだ。これでまた成績も上がるって」

「貫太……」

「親父《おやじ》さんにもちゃんと言えよ。おまえにとってＫ－ＰＯＰ部が、どれだけ楽しくてやりたいものかって。新しい親父さんは優しいんだろ？」

「うん、とっても」

「だったら親父さんだっておまえの本音を知りたいんじゃないか？　勉強と部活両立するから、もうちょい部活やってもいいかって頼んでみろよ。絶対許してくれるって。なんなら俺も一緒に説得しにいってやるからよ」

これは、オモニのマネだ。

「……貫太、なんでそこまでしてくれるの？」

「決まってんだろ。おまえは俺のダチで仲間だ。Ｋ－ＰＯＰをおまえと一緒にやりてえんだよ」

まさかヤンキー魂とアイドル魂が、一致するとは思わなかった。

「そっか」

凪が、そよ風のような笑みを浮かべた。今はその瞳の中も、笑っているような気がした。

七

今日は、土曜日で学校は休みだ。

貫太は、市営のコミュニティーホールにいた。窓の外では、農家の人達が出張販売で野菜を売っている。

自動ドアが開いて、ホール内にある図書館の中から誰かが出てくる。黒いキャップと黒いマスクをしていて、うつむいていた。しかも、何かキョロキョロしている。怪しすぎだろ……。

背後からサッと、その黒いキャップを取る。相手があわてふためき、ワッと声を上げた。

「貫太⁉　なんでここに」

相手は、晴彦だった。

二人で、中の休憩スペースに並んで座る。開口一番、晴彦が謝る。

「ごめん、部活行けなくて」

「おまえ、学校も休んでんだろ。何かあったのか」

「ちょっと体調が悪くて……」

「嘘つけよ。元気そうじゃねえか」

そこで貫太は気になった。晴彦がマスクを外さず、しかもそのマスクが一回りほど大きい。

バッと強引に、マスクを剝《は》ぎとって、貫太はびっくりした。

晴彦の頰が、紫色になっていたのだ。見るだけでも痛々しい。

「おい、どうしたんだよ……もしかして学校に来れなかった原因はこれか？」

「うん」

コクリと晴彦がうなずく。

「誰に殴られたんだよ」

「別に誰にも殴られてないよ」

「おまえ、誰に嘘ついてんだよ。そっちは俺の専門だぞ。そんなもん殴られた跡に決まってんだろ」

「……」

晴彦が口を閉ざし、貫太はそこで気づいた。

「そういやおまえ、中学校のときに登校拒否してたみてえだな」

「なんで貫太がそれを……」

「もしかしてそれと関係があんのか？」

「……貫太には関係ないよ」

「関係ねえことないだろ。俺達仲間なんだからよ。全部話してくれよ」

晴彦は迷った表情を浮かべていたが、重い口を開きはじめた。


予想通り、晴彦は中学時代いじめにあっていた。

溝口《みぞぐち》という同級生に目をつけられ、毎日のようにいじめを受けていた。小づかれ、殴られ、蹴られ、地獄のような日々を送っていたそうだ。

けれど、親に心配をかけたくない。そんな想《おも》いから、晴彦はいじめられていたことを隠し通した。

晴彦は影が薄く、地味な存在だ。溝口としては、標的にしやすかったのだろう。

貫太は逆に、溝口のようなやつを標的にしていた。それを、いじめっ子狩りと呼んでいた。

ある日、事件が起きた。溝口が放った蹴りのせいで、晴彦がもんどりうって倒れ、その拍子に左腕を骨折したのだ。

ただそのおかげで、晴彦へのいじめが公《おおやけ》になった。晴彦の親が騒ぎたてたが、溝口は晴彦が勝手に転んだと嘘をついた。責任を逃れたい学校側は、その溝口の嘘を信じ、「いじめはなかった」という判断を下した。

そこで晴彦の両親は、晴彦を転校させることにした。溝口と離れられる、と晴彦は安堵《あんど》したそうだ。

だがその後、転校初日となったその日、晴彦は玄関で立ち止まってしまった。ダラダラと脂汗をかき、胃がキリキリと痛み、靴を履くことすらできない。

心と体が、学校そのものを拒絶していたのだ。

それから晴彦は、家に引きこもるようになった。家族以外の誰とも会わず、しゃべらず、部屋から一歩も出なくなった。

そんな晴彦を救ったのは、小説だった。家の中で小説を読んでいるときだけ、この辛《つら》い現実を忘れることができた。

昼と夜の境が消えた部屋の中、ペラッ、ペラッと紙の本をめくり、頭の中で想像を巡らせる。その言葉が紡ぐ物語だけが、晴彦の唯一のなぐさめとなった。

そんな中、一冊の本に出会った。それはいじめが原因で、不登校になった中学生の物語だった。まさに晴彦と同じだった。

心に傷を追ったその少年は、ひょんなことから、子供に絵本を読み聞かせるボランティアをすることになる。

そして次第に、自分で絵本を描くようになり、少しずつ自分を取り戻していく。

ラストシーン、高校の入学式当日。少年は高校の制服を着て、片手に自分で描いた絵本を持つ。そして玄関に立ち、ひとつ息を吐いて、一歩足を踏み出す。そこで、その小説が終わった。

高校に行ってみたい。この小説のラストシーンのように……。

そう考えた晴彦は、高校受験に挑戦し、見事月山《つきやま》高校に合格した。

入学式初日、晴彦は玄関の前で、緊張の極地にいた。一年前は、この一歩を踏み出せなかった。けれど晴彦の心は、変わっていた。見事にその一歩を踏み出し、高校へと通うことができたのだ。

貫太が、詰めていた息を吐いた。話を聞くのに夢中で呼吸をするのを忘れていた。

「よかったじゃねえか」

晴彦は壮大な試練を戦い抜いて、高校に通っていたのだ。

「でもずっと引きこもってたからね。クラスの誰ともしゃべれないし、みんな僕を気味悪がってるのはわかったよ。陰キャ野郎って陰口も叩かれたし、またいじめられるかもってびくびくしてた」

「……悪かったな。俺、おっかなかっただろ。その溝口ってやつ思い出したんじゃねえのか」

「最初はね。でもすぐにわかったよ、貫太は溝口とは違うって」

フフッと晴彦が笑みを浮かべると、頬の傷が痛んだのか、すぐに顔をしかめた。

「で、その傷はどうしたんだよ」

晴彦の表情に陰が射《さ》し込んだ。

「溝口に見つかったんだ」

「何？」

「たぶん僕が家から出られるようになって、高校に通い出したっていうのを聞きつけたみたい。

それで待ちぶせされて、ぶん殴られた」

「くそったれが」

貫太が、手のひらを拳に叩きつけた。

「……現実は小説のようにはいかないね。小説では高校に行くのがラストシーンだけど、現実は続く。そしてその現実は、さらなる悲劇のはじまりなんだ」

晴彦が自虐の笑みを浮かべると、貫太が晴彦に命じた。

「晴彦、スマホ出せ」

「えっ、どうして？」

「いいからロック解いて出せよ」

しぶしぶ晴彦がスマホを出すと、貫太はアプリを開いた。予想通り、溝口とのＬＩＮＥ履歴があった。

「ちょっと、貫太？　何する気？」

動揺する晴彦を無視して、貫太はメッセージを送った。文面はこうだ。

『今すぐ図書館に来い。このクソ野郎』

晴彦がスマホを見て、サッと青ざめた。

「ちょっと、何してんの！」

「たしかに現実は小説のようにはいかねえよな。でもよ、おまえの読む小説には、俺みたいなヤンキーは出てこねえだろ。意外なキャラが、物語をぶち壊してやるよ」

「……貫太、喧嘩はダメだよ。中学では誰もあいつに敵《かな》わなかったし、高校からキックボクシングやってるって言ってた。貫太でも勝てないよ」

「喧嘩をすんのは俺じゃねえ。俺は喧嘩をやめたんだからな」

「えっ？」

貫太がポンと晴彦の肩を叩き、ニコッと笑った。

「喧嘩すんのはおまえだ。晴彦」


図書館の裏手で待っていると、溝口があらわれた。

背が高く、短髪でサイドを刈り上げていた。

細身だが、引きしまった体をしている。ミドル級ぐらいか。

後ろに二人いるが、溝口の仲間だろう。こっちはさほど強くなさそうだ。

溝口が、イライラした様子で切り出した。

「晴彦、俺を呼び出すとはいい度胸だな」

不良というのは、台詞《せりふ》のテンプレートでもあるのだろうか……聞いているこっちが恥ずかしくなる。

溝口が貫太の存在に気づいた。わずかに顔に怯えの色が走る。

やはり最新ヤンキーよりも、クラシックヤンキーの方が破壊力がある。

「助《すけ》っ人《と》かよ」

溝口が虚勢を張ると、貫太が両手を上げる。

「俺は喧嘩はやんねえよ。やんのは、晴彦だ」

一瞬ほっとした表情を浮かべると、溝口がコキコキと首の関節を鳴らした。

ガチガチと歯を鳴らす晴彦の肩を、貫太はグイッとつかんで引き寄せた。

「晴彦、練習を思い出せ」

右手でスマホを操作する。

「練習ってダンスの練習のこと？」

「そうだよ。ほら来たぞ」

ドンと晴彦の背中を押すと同時に、貫太はスマホから音楽を流した。

場違いな音楽に、溝口が一瞬気を取られて隙ができた。

「今だ。正拳突き！」

貫太の叫び声に、晴彦が反応する。シュッと前に突き出した拳が、溝口の胸に当たる。

不意打ちになったので、溝口がよろめいた。

ダンスの練習でやっていた、空手の形だ。練習の曲を流したので、晴彦は反射的に動けたのだ。

ただ晴彦の力では、決定打にはならなかった。

「てめえ！」

激昂した溝口が、血相を変えて襲いかかる。

何がキックボクシングやってるだよ。フォームがグチャグチャだ。

喧嘩のコツは体は熱く、頭は冷たくだ。冷静さを欠くと隙だらけになる。

この時点で溝口の喧嘩の実力はわかったが、それでも晴彦では到底敵わないだろう。

晴彦がたこ殴りにされる。しかし貫太は、静かに見守っていた。

ドサッと晴彦が地面に倒れた。その腹に、溝口が蹴りを入れようとする。

「はい、そこまで」

貫太が溝口の襟首をつかみ、後ろにグイッとひっぱった。ブンと溝口が後方に飛んで、ドサッと倒れ込む。

そのふっとんだ距離を見て、溝口の仲間達がどよめいた。貫太の腕力は、ゴリラ並みだ。リンゴを握って潰せるほどの握力もある。

貫太が晴彦を起こしてやる。

「晴彦、大丈夫か？」

晴彦が弱々しく言う。

「か、貫太」

顔は痛々しいが、その表情は晴れ晴れしていた。

「み、見てた？　あいつに一発食らわせられた」

「ああ、見てたよ。すげえ一撃だった」

トンと晴彦の胸を拳で叩くと、晴彦が微笑んだ。春を知らせるような、穏やかな笑みだ。

敵わないと怯えていた相手に一矢報いる――。

これさえできれば、晴彦は大丈夫だ。もう過去を超えられた。晴彦もサンナムジャなのだから。

貫太が晴彦の肩を抱いて立ち去ろうとすると、立ち上がった溝口が、「おい、待て！」と大声で貫太を呼び止めた。顔は憤怒《ふんぬ》に燃えているが、その腰は引けている。

自分がふっとばされて、貫太の実力がわかったのだろう。ただ仲間の手前、黙って見逃すわけにはいかない。

それは、どの時代のヤンキーも同じだ。

「晴彦、ちょっと待ってろ」

貫太が無造作に距離を詰めると、溝口がびくっと体を震わせた。

溝口にステップバックさせる間もなく、ザッと貫太が左足を踏み込み、上段回し蹴りを放った。

ブンという巨大な音がした。その風圧で、溝口の頬がグニャッと揺れる。

ただ貫太は、その足をピタッと寸前で止めている。靴紐《くつひも》が、溝口の顔に触れていた。

ゆっくりと足を下ろすと、貫太が口を開いた。

「俺がダンスやっててよかったな。寸止め覚えてなきゃ、おまえ今頃病院行きだぞ」

素早い動きからの急激な停止。少しずつできるようになってきた。

溝口は顔面蒼白で、唇が紫色になった。他の仲間も、ガタガタと震えている。

貫太が、溝口の肩に手を置いた。

「溝口、おまえ何が好きなんだ？」

「えっ、あっ⁉」

アワワと溝口がパニック状態になり、「早く答えろ」と貫太がせかすと、溝口が投げやりに答える。

「クロフィンです」

「……なんだ、それ？」

「スイーツです」

「……ヤンキーが、そんなオシャレスイーツ食べんなよ」

「すみません」

「まあいい。晴彦は俺の親友《マブダチ》だ。もう二度とかまうな。次からんできたら、今度は寸止めじゃねえ。顎を砕いて、顔中ハリガネとボルトだらけにする。大好きなクロなんとかも食えねえ。わかったか」

「はい！」

ピシッと溝口が直立する。

「晴彦には指一本触れません」

「晴彦じゃねえだろ。片野さんだろ」

「すみません。片野さんにはもう何もしません」

貫太が、溝口と後ろの仲間達を見た。

「おまえらも喧嘩なんかやめて、ダンスをやれ」

「わかりました」

溝口達が直立不動で、声をそろえた。

晴彦の元に戻ると、貫太が明るく言った。

「晴彦、今日は死ぬほどうまい店に連れてってやるよ」

「僕も貫太に紹介したい店があるんだ。親友《マブダチ》ができたら連れて行きたいと思ってた店」

「いいな。じゃあ次はそこ行こうぜ」

「でも今日僕、お金持って来てない」

「そこは心配すんな。財布があっからよ」

貫太はスマホを出すと、新堂に電話をかけはじめた。

「春井戸、こんな大事なことは前もって言ってくれよ」

新堂が困り顔で言う。整髪剤で髪型を整え、ビシッとしたスーツを着ていた。なんてわかりやすい一張羅だ。香水もふっているのか、甘い匂いも漂ってくる。

貫太が手を合わせた。

「わりぃ、わりぃ。殿上先生が今日だったら行けるって急に連絡くれたんだよ。先生、どうせ暇だろ」

「おいおい、休日も先生は忙しいんだぞ。外れてた雨戸をはめなおしたり、きれてた片栗粉《かたくりこ》買いに行ったり、可愛い猫の動画を見たりとかな」

新堂が、訝《いぶか》しげに晴彦を見た。

「なんだ。片野も一緒か。……まあ昨日給料日だったから一人追加ぐらいは大丈夫だ」

「ありがとうございます」と晴彦が礼を言うと、「ほらっ、着いたぞ」と貫太が前を向いた。

そこはオモニの店『サンナムジャ』だった。

晴彦が目を疑うように言う。

「貫太、僕もこの店、貫太に紹介したかったんだよ」

「マジか。あっ、おまえが韓国語部に入ったのって……」

貫太の言葉の途中で、新堂が尋ねた。

「……春井戸、ほんとにこの店がいいって殿上先生が言ったんだろうな」

「ほんと、ほんと。じゃあ入ろうぜ」

新堂の背中を押して店内に入ると、新堂がたまげた。

「えっ、なんだこれ。K－POP部全員いるのか？」

大地、凪、来人、そして七海がいる。貫太が集めたのだ。

七海が、新堂に挨拶する。

「新堂先生、今日はありがとうございます」

「えっ、あっ、はい」

「うちの部員達におごってくださるということで、大変感謝してます」

「えっ、全員？　そんな話聞いてない」

そこで七海が、くくっていた髪の毛をほどき、おもむろにメガネをとった。

素顔ではなく、メイクをバッチリしている。その瞬間、店内の空気が華やいだ。いつもながら、魔法を見せられている気分になる。

その変貌ぶりに、新堂がぼうっと放心状態になる。放っておくと、よだれをたらしかねない。

新堂が、目をゴシゴシとこすった。

「えっ、あれっ、どこかで見た覚えが……」

貫太が、むんずと両手で新堂の頭をつかみ、ググッと斜めに向ける。そこにはブランケットのポスターが貼られていた。七海が、キャピッとした声を出す。

「ブランケットのナナミです」

新堂がパニックになった。

「なっ、なんでナナミが。何えっ、ここ現実？　俺、転生したの？」

大地と同じ反応だ……貫太が説明する。

「殿上先生がナナミだったんだよ。いつものメガネジャージの姿は、それを隠すため。先生も誰にも言うなよ」

「いやあ、本当びっくりした。でも、なるほどな。それで氷の女王と勝負して勝てたのか。そりゃプロのアイドルだもんな」

七海がにこにこと言う。

「先生、貫太から聞きましたよお。先生はずいぶんK－POPにお詳しいとか」

溶けそうなほど、新堂がデレデレする。

「そっ、そうなんですよ。俺、大のK－POP好きなんです」

「それでブランケットは、ニューピーチの劣化版だというのもご存じだったんですか？」

ぎくりとする新堂に、七海がにこにこと詰め寄る。

「その劣化版のブランケットの中でも、推しはソジンなんですってねえ」

新堂があわてて弁解する。

「いや、それは、違うんです」

「すみませんねえ。ソジンじゃなくて。人気は下から数えた方が早い私で。ソジンの方がよかったですよねえ」

「……ごめんなさい」

クックッと貫太が忍び笑いをすると、キッと新堂が、恨みがましそうにこっちを見た。

七海がクルッと振り返り、陽気な声で言う。

「みんな新堂先生が全部おごってくれるって。好きなだけ、腹がはち切れるぐらい食べなさい」

やったぁと一同が声を上げ、七海がオモニの方を見る。

「オモニ、特上ロースと特上ハラミと、あと特上がつくやつ全部。それともちろん、冷麺人数分ね。私も手伝う」

オモニが笑顔で応じる。

「新堂先生、カムサハムニダ《ありがとう》」

新堂がしょんぼりとして返す。

「いいえ、どういたしまして」

凪が立ち上がる。「オモニ、僕も手伝うよ」

「俺も」と大地が続き、貫太が耳を疑った。

「えっ、なんだ。晴彦だけじゃなく、おまえらもオモニの知り合いなのか」

凪が大地の方を見る。

「大地もオモニの店に通ってたんだって。韓国語部に入ったのも、オモニともっと韓国語で話したいからだって。僕とおんなじ理由」

「そうなのかよ」

貫太と晴彦が顔を見合わせ、ニッと笑った。

韓国語で話したい好きな女性がいる。凪がそう言っていたが、それはオモニのことだったのか。

どうりでこのメンバーに親近感を覚えるわけだ。みんな、韓国語とオモニで繋《つな》がっていたのだ。

みんなで冷麺をすするが、グループ全員で食べる冷麺は格別にうまく感じる。

特上カルビは舌がとろけそうだ。一枚一枚、みんなが口に入れるたびに、新堂がウッととうめき声を上げて、心臓に手を当てた。金が溶けていく痛みだ。

オモニも、みんなの会話に混じる。凪、大地、晴彦も、オモニとＬＩＮＥ交換していた。

貫太が晴彦の武勇伝を語ると、みんなが絶賛した。特に大地は、「晴彦、おまえはやるやつだと俺は思ってたぞ」と晴彦の肩を抱き寄せて、誰よりも喜んでいた。

晴彦は照れ臭そうだが、どこか誇らしげだった。

七海が貫太に訊いた。

「あんたよく、手を出さなかったわね」

「喧嘩はやめたんだよ。それにもめごと起こして騒ぎになったら、コンテスト出れねえかもしれねえからな」

「やるじゃん」

バンバンと、七海が貫太の背中を叩いた。

貫太は、凪、大地、晴彦の三人を、改まって見た。

「コンテスト優勝の目的は百万円だけじゃねえ。オモニのためでもあるんだ」

「どういうこと？」

首をひねる凪に、貫太が事の経緯《いきさつ》を説明した。「だったら真剣にやらないとね」と凪がうなずき、「だな」と大地が同意する。「僕も本気でやるよ」と晴彦が目に熱いものを浮かべた。来人は黙っているが、その表情からはやる気がにじみ出ていた。

酔っぱらった新堂が、何気なく尋ねた。

「そういえば、グループの名前は決まってるのか？」

ピタッと全員の動きが止まる。貫太が七海の方を見た。

「先生、なんだよ」

「まだ決めてないわよ」

そこで貫太が提案する。

「武術の武に、踊るに戦線と書いて『武《ぶ》踊《よう》戦線《せんせん》』はどうだ？」

「アホか。俺達は暴走族じゃねえんだぞ」

大地が即座に却下する。

他からも案が出るが、どれもピンとこない。長引きそうな気配が漂ってくる。

すると、オモニが口を開いた。

「晴彦が何かあるみたいだよ」

全員が晴彦に注目する。晴彦は一瞬たじろいだが、そろそろと言った。

「……サンナムジャはどうかな」

晴彦がチラッと貫太を見たので、貫太は笑顔で応じた。

「そうか。グループ名をサンナムジャにするのが、一番店の宣伝になるもんな」

新堂が補足する。

「それにサンナムジャは、ＫーＰＯＰアイドルもよく使う言葉だ」

フフフと七海が胸を張る。

「晴彦、偶然にも私と同じアイデアだわ。私もグループ名はサンナムジャしかないって、もう最初っから思ってたから」

「ほんとかよ」と貫太が疑わしげに言うと、「ほんとだって」と七海がむきになり、みんながなだめに入る。

七海が一度咳払いをすると、声高らかに言う。

「よしっ、私達サンナムジャがコンテストのスターになるわよ！」

おおっと一同が拳を高く突き上げた。

三章

一

貫太《かんた》が、いつものように屋上で休んでいると、とつぜんバンと扉が開いた。

びっくりして振り返ると、遙香《はるか》がツカツカと近寄ってきた。なぜか機嫌が悪そうだ。

ぷっと頬をふくらませて、遙香が訊《き》いた。

「なんで連絡くれないの……？」

「連絡ってなんだよ？」

「勉強教えてくれって言ったでしょ！」

ポンと貫太が手を叩《たた》く。

「わりぃ。忘れてた」

そういえば凪《なぎ》を説得するときに、そんなＬＩＮＥを送っていた。

いらだちを追いやるように、遙香がふぅと肩の力を抜いた。

「まあいいわ。私は驚異的に忙しいけど、なんとか時間を作って教えたげるから」

「そんなに忙しいんなら別にいいよ」

「時間作るって言ってんでしょ。いつ、いつにするの？」

ぐいぐい迫ってくるので、貫太はたじろいだ。

「勉強教えて欲しいのは俺じゃなくて、同じ部活の凪ってやつだよ。特進クラスなんだ」

急に、遙香がトーンダウンする。

「……貫太じゃないの」

「そうだけど、なんか問題あんのか？」

「そんなのないわ」

遙香が、ぶんぶんと首を振る。

「特進クラスだったら傾向と対策はバッチリできてるし、先生別にテストに出そうな問題もわかる。うちのダンス部の部員用にまとめたノートがあるから、その凪って子に貸してあげるわ」

「あんがとな。先輩が頑張ってるおかげで、凪は部活続けることにしてくれたんだ」

貫太が礼を言うと、遙香が急に後ろを向いた。例の謎の行動だ。

やっとこちらを向くと、遙香がぼそっとつぶやいた。

「それはよかったわね。じゃあ部員のもめごとは解決できたの」

「バッチリ。K－POP部のみんなで、焼肉と冷麺食べに行った。焼肉もうまいけど、そこの冷麺がこれまた絶品なんだよ」

遙香が、じとっとした目つきになる。

「私、誘ってもらってないけど……」

「だって先輩、K－POP部じゃねえじゃん」

「私は焼肉と冷麺が好きなの。そんなの言わなくてもわかるでしょ！」

わかるわけねえだろ……そう、心の中でツッコむ。

「……じゃあ今度行くときは誘うよ」

「ほんと。絶対よ。絶対だからね」

またテンションが高くなる。

「……わかったって」

これのどこが氷の女王なんだ……噂《うわさ》はあてにならないと、遙香が教えてくれた。


部活の時間になった。

一つレベルが上のダンスだが、全員がむしゃらに踊っている。

ただ来人《らいと》の実力が図抜けている。この短期間で、ここまでうまくなるものなのか。子供の頃からダンスをやっていたと言われても、誰も疑わない。

聞けば部活以外でも、ダンスのレッスンに通いはじめたそうだ。

一旦やると決めたらとことんまでやる。それが来人という人間だ。ブレーキがぶっ壊れてやがる。

こいつにだけは負けるか……貫太もひそかに練習をしているのだが、追いつくどころか、逆に差が広がっていった。

七海《ななみ》が、床を竹刀《しない》でカンカンと叩いた。

「じゃあ今日はこれで終わりね」

バタリと、全員がノックダウンされる。限界まで練習をした。

貫太があお向けの状態で言う。

「なんで竹刀なんだよ」

「特訓と言えば竹刀でしょ。あんたの時代に合わせてやってんのよ」

「うるせえ。だから転生者じゃねえんだよ」

「大地《だいち》、体重測るわよ」

大地が体重計に乗ると、七海が驚きの声を上げた。

「すごい。減ってるじゃない」

大地が鼻を高くした。

「そうでしょ。俺はやればできるんですよ」

たしかに頬周りが若干細くなった気がする。

晴彦《はるひこ》の顔の傷も、元に戻っていた。ダンスの練習も熱心にやっている。

凪は、部活を終えてから塾に通っていた。寝る時間を惜しんで、ダンスの練習と勉強を両立させている。そうだ。忘れていた。貫太が凪に、ノートを渡す。

「凪、これ。特進クラスの効率的な勉強法のノート」

凪がまつげを揺らす。

「どうしたの、貫太」

「御薗《みその》先輩が貸してくれたんだよ」

そこにズザッと、大地がスライディングしてきた。

「どういうことだ。おまえ、先輩とそんな仲になってんのか」

「そんな仲ってなんだよ？」

「まさか……ＬＩＮＥ交換とかしてねえだろうな」

「してるけど」

大地が興奮する。

「なんだと！　おまえヤンキーだろ。硬派なんじゃねえのか。何、最新機器で、うちの女王に手出してやがんだ」

貫太があわてて弁解する。

「まてよ。そんなんじゃねえって。先輩、俺と会うときはいつも不機嫌でよ。急にぶち切れたりするんだぜ」

凪がそろそろと訊く。

「でも先輩から貫太に会いにくるんでしょ」

「勝手にな」

「もしかして貫太が連絡しなかったりすると、怒ったりする？」

「なんで知ってんだよ」

凪、大地、晴彦が顔を寄せ集めて、ごにょごにょと話しはじめる。

「あれだ」「あれだね」「でもまさか氷の女王があれって……」「あれはアニメの中の空想概念なんじゃないのか」「でもそうとしか考えられないよ」

三人が話し終えると、大地が貫太に近寄った。グィッと真剣な顔を向け、アメリカの裁判官のように、木槌《きづち》を叩くマネをする。

「長い審議の末、我々陪審員は一つの結論に達した」

「……なんだよ」

「判決！　氷の女王はツンデレ女子だ！」

大地がズバッと指さすと、貫太はぽかんとした。

「なんだそりゃ？」

「好きなんだけど、わざと嫌いなフリをするんだよ」

一瞬間を空けて考えてみる。

「ハッ？　意味わかんねえ」

「転生前のおまえの時代にはなかった概念なんだよ。認めたくはないが、御薗先輩は貫太が好きなんだよ！」

大地の両目から、ツーッと涙がこぼれ落ちる。美少女が男に振られたかのような、綺麗《きれい》な泣き方だ。

「……泣くなよ」

七海が、貫太と大地の間に竹刀をねじ込んできた。

「何やってんの。練習終わったんだからすぐに帰りなさい」

「先生、だってうちの氷の女王が、転生ヤンキーに惚《ほ》れてるんですよ。こんなもん、我が校を揺るがす大問題でしょ」

大地が泣きながら、七海に事情を説明する。

「あのダンス部の部長が、貫太に？」

七海がチラッと貫太のリーゼントを見て、ハッと鼻で笑った。

「あんた達、本気の本気で、こんなオールドガチヤンキーに、あの子が惚れると思ってるわけ？」

大地、晴彦、凪が急に真顔になる。

「あんた達みたいな童貞高校生が、あんな綺麗な子の気持ちなんてわかるわけないでしょ」

「そうだよね」「そっか……」「たしかに童貞にはわかんねえよな」

凪、晴彦、大地がうんうんとうなずいたので、「おいっ」と貫太が腹を立てた。

すると来人が、七海に提言した。

「先生、明日からもうちょっとダンスのレベルを上げませんか。これじゃあ物足りません」

七海が顔を曇らせる。

「たしかに来人には物足りないかもしれないけど、他の子達にはこれでも難易度高すぎるぐらいなのよねえ」

貫太が口をはさんだ。

「そうだ、来人。おまえの都合だけで話進めんなよ」

来人が冷たくはねつける。

「じゃあおまえは、俺にレベルを落として、質の低いパフォーマンスをしろって言うのか。それで優勝できるのか？」

くそったれが。ズケズケと言いたいこと全部口にしやがって。これが帰国子女ってやつなのか。

「バカ野郎。俺達はグループだぞ。全員の足並みをそろえろよ」

「グループでも、一人が突出してるところもある。俺が最大限活《い》きて、おまえらが俺をフォローする。そんな振りつけを先生が考えればいい。それが優勝のための合理的な戦略だ」

「何が合理的な戦略だ！　ニューヨーク育ちが、難しい日本語使うんじゃねえよ！」

貫太が来人の襟首をつかむと、七海が間に入った。

「こらっ、喧嘩《けんか》すんな！　あんた達は犬か。シッ、シッ」

貫太と来人の胸を、七海が手で押しのける。

ふうと息を吐き、七海が困ったように言う。

「来人、あなたちょっと言い過ぎよ」

「俺は別に間違ったことを言ったとは思ってません」

来人は一切動じることなく、かばんを手にした。

「今日は失礼します」

そう言い残すと、教室を出て行った。


「あー、頭痛い。先生ってこんなに大変なの……？」

七海が、弱音を漏らしながらブランコをこぐ。その隣では、貫太が立ちこぎをしている。

さっきオモニの店で冷麺を食べて、二人一緒に公園に来たのだ。焼肉は無理だが、冷麺ならば七海がおごってくれる。

ブンと貫太が勢いをつける。

「あの野郎、ほんとむかつくやつだ。あんなのとグループなんかやってられるか」

あの日以来、来人は部活に来るは来るのだが、全体での練習は拒否している。

イヤホンをして鏡の前で、一人黙々とダンスの練習に励んでいる。

「まあ来人は海外育ちだし、自己主張が激しいのよ」

「わがままなだけだろ」

「K－POPグループはグローバルだから、それこそ大変だったわよ。ブランケットも韓国人、日本人、中国人、カナダ人のチームだったし」

「……聞いてるだけでしんどそうだな」

日本のアイドルグループと違って、また別の苦労があるのだろう。

「まあね。ただ来人の意見を聞いて、なんか胸が痛くなったな」

七海が表情を沈ませる。

「なんでだよ？」

「もしかしたらソジンも、私達に合わせてたのかなって……あの子が本気出せるぐらい私達に実力があったら、ブランケットも解散せずにすんだのかなって……」

キイッと弱々しく、七海がブランコをこぐ。

「そんなことねえだろ。先生は頑張ったんだ。全力を尽くしてダメだった。じゃあそれでいいじゃねえか。終わったことでクヨクヨするなんて、先生らしくねえよ」

貫太の励ましに、七海がフフッと笑う。

「何あんた、ヤンキーのくせに先生みたいじゃん」

「うるせえよ」

七海がにやにやと言う。

「そりゃ氷の女王様も惚れるわけだ」

「からかうんだったら、俺はもう帰るぞ。朝早《はえ》えからな」

「朝？　何してんのよ」

「ラジオ体操だよ」

七海がふきだした。

「何それ。どんなヤンキーなのよ」

「毎日行かねえと、じいさん達がうるせえんだよ」

そこで、七海が何かを閃《ひらめ》いた。

「なるほど。ラジオ体操か」

「……なんだよ」

「貫太、日曜日に、みんなに集合をかけておきなさい」

ニカッと七海が白い歯を見せた。

二

日曜日。

貫太達は、渋谷《しぶや》のコンサート会場の前にいた。

ホールにつながる階段の前には、ズラッと人が並んでいる。ほぼ全員が若い女性だ。ハイヒールを履いて、トートバッグを持っている人も多い。みなハングルで書かれたグッズや、派手なペンライトを手にしていた。

貫太はいつも通り、短ラン、ボンタン、リーゼントなので、通り行く人達が、不気味そうに見つめてくる。

休日の東京だと、こうなるのは予想の範疇《はんちゅう》だ。だから来たくなかった。

凪、大地、晴彦もいた。三人とも落ちつきがない。

貫太が凪に尋ねる。

「おう、凪。なんだ。この人だかりはよ」

「なんかＫ－ＰＯＰグループのファンミーティングみたいだよ。韓国風に言うと、ペンミーティングだね」

「なんだ、そりゃ？」

「簡単に言えば、ファンのためのイベント。トークとか撮影会とかミニゲームとか、なんかそんなの。ヒールを履いて遠くを見やすくしたり、うちわが曲がらないようにトートバッグ持ってるんだってさ」

「アイドルファンのひと工夫か。にしてもずいぶん人気あるグループなんだな」

周囲はかなりの人だかりだ。

「でもまだデビューしてない練習生なんだって」

「練習生⁉　練習生でこんなに人集められんのか？」

Ｋ－ＰＯＰアイドルの人気ぶりを、貫太は今はじめて実感した。

「うわっ、イケメン」「えっ、練習生かな。どこかで絶対デビューするね」と色めく声が聞こえてくると、案の定、来人があらわれた。

アイドル好きな女子達が来人を見たら、騒ぎ出すに決まっている。

来人が貫太を見て、ハアとあきれる。

「なんでおまえは、東京でもその格好なんだ。目立って仕方がない」

貫太がにらみつける。

「なんだてめえ。協調性ないくせに、こういうのはちゃんと来るんだな」

「先生の指示だからな。それにそんな格好しているやつに、協調性うんぬんを言われたくない」

「なんだと」

ググッと貫太が来人に詰め寄ると、

「イケメンがヤンキーに絡まれてる」「誰かスタンガンか、催涙スプレー持ってない」など、女子達がぶっそうな発言をしている。

ガンと貫太の脳天を痛みが貫き、ツッとしゃがみ込んだ。何しやがると立ち上がると、そこに七海がいた。

「あんた達はなんでおとなしくしてられないの」

七海の案内でホールに行き、スタッフ用の裏口から中へ入る。

黒いおそろいのスタッフ用Ｔシャツを着た人達が、忙しそうに働いていた。

七海が広い控え室に入ると、男性が四人いた。誰か説明されなくても、そのルックスでわかる。今日のイベントの主役である、練習生達だ。

その中の一人が、七海に気づいた。満面の笑みで、大きく手を広げる。

「ヌナ《姉さん》久しぶり」

「ユジュン」

二人がハグをする。他のメンバーも七海の知り合いなのか、ワイワイと話し合っている。韓国語だが簡単なので、貫太も理解できる。

七海が戻ってきた。

「みんな紹介するわ。今度デビューするグループのリーダーのユジュン」

「アニョハセヨ《こんにちは》」

ユジュンが、ニコッと挨拶する。

表情管理の技術が凄《すご》い。まさにアイドルの笑顔だ。ホールの前の女子達だったら、気絶するかもしれない。

アニョハセヨ、と貫太達も韓国語で返した。

七海がユジュンの肩を叩く。

「この子達はブランケットの事務所の練習生。私が世話してやってたのよね」

ユジュンが暗い表情で応じる。

「……はい、ヌナには大変お世話になりました」

「あんた、どんな顔で言ってんのよ。私がいじめてたみたいじゃない」

七海とユジュンがはしゃいでいる。仲が良さそうだ。本当の姉と弟に見える。

貫太が口を開いた。

「で、先生。今日はK－POPの勉強でここに来たのか？」

ファンミーティングでも、軽くパフォーマンスはあるらしい。

「まあ、それもあるけどね。メインは、ラジオ体操よ」

「ラジオ体操？　どういうことだよ」

貫太を含めた一同が、耳を疑う。

「ほらっ、ちょっとあんた達、ラジオ体操やってみなさい」

わけがわからないながらも、貫太達は横に広がった。

七海が、ラジオ体操の音楽をかけた。とりあえず体を動かすが、

「ほらほら適当にやらない。真剣にやりなさい」

七海が檄《げき》を飛ばすので、全員がキビキビと体操をする。

深呼吸を終えると、オオッとユジュン達が、パチパチと盛大に拍手をする。

アイドルは、ずいぶん感情表現が豊かだ。

続けて、七海がユジュンを見た。

「ユジュン、ラジオ体操覚えてきたわね」

「ヌナのご命令ですから」

ユジュンとメンバー達が立ち上がり、貫太達と同様に並んだ。

「ラジオ体操第一」

韓国語バージョンのラジオ体操だ。

ユジュン達が体操をはじめてすぐ、貫太はハッと目を奪われた。

体の軸はしっかりしているが、手足の動きがなめらかだ。ピタッと制止できており、動きにキレがある。

それだけではない。全員の動きが、寸分の狂いもなく合っている。しかもコピーしたような、機械的なそろい方ではない。メンバー一人一人に個性がありつつも、その個性が全体で一致したような体操だ。

なんて美しいんだろう——。

感動で、足がビリビリとしびれている。嘘《うそ》だろ。これは、朝の公園でじいさん達とやっているラジオ体操だぞ。そんなものを見て、心が震えることなんてあるのか……？

メンバー達が深呼吸を終えると、貫太は盛大に拍手した。

「すげえ。なんだこれ。すげえ！」

大地、凪、晴彦も貫太と同様、感激をあらわにしている。

来人に至っては恍惚《こうこつ》状態だ。衝撃で、心がえぐられたような表情をしている。

七海が得意げに言う。

「どう？　あなた達のラジオ体操と何が違うか、来人わかった？」

来人が答える。

「全員の動きが完璧にそろってました」

「それでどう感じた？」

「美しかったです。ただのラジオ体操が芸術に思えました」

「これがグループの力よ」

七海の声には、今まで培ってきた自分の歴史と、尊厳のようなものが込められていた。

来人が居住まいを正し、丁寧に謝罪した。

「先生、すみませんでした。俺が浅はかでした」

それから貫太達の方に来て、同様に頭を下げる。

「みんな、悪かった……すまない」

「おっ、おう。わかりゃいいんだよ」

急に素直になられると、こっちの調子が狂ってしまう。

来人が、韓国語でユジュンに尋ねた。

「ヒョン《お兄さん》、どうしたらこんな綺麗に動きをそろえられるんですか」

ユジュンが、にっこりと答える。

「僕たち四人は毎日清潭洞《チョンダムドン》で一緒にいる。同じ部屋で、二段ベッド二つで寝てる。一緒に朝起きて、一緒に練習して、一緒に明洞《ミョンドン》の屋上テラスでコーヒーを飲んで、一緒に梨泰院《イテウォン》のレストランでチャプチェや、チーズたっぷりのダッカルビを食べる」

メンバーの一人が叫んだ。

「チーズたっぷりは査定のあとだけな」

韓国人はほんとチーズとソーセージが好きなのよね、と七海が言う。

「そう、ダイエットするのも一緒。とにかくいつも一緒なんだ。K－POPグループの絆《きずな》は、家族よりも兄弟よりも深いんだ」

なるほど。二十四時間毎日一緒に生活しているからこそ、一心同体のような動きができるのか。

来人がぽつりと言う。

「絆ですか……」

何か考え込むようにじっとしているので、貫太は不気味でならなかった。

するとこちらを向いて、急にこんなことを言いはじめた。

「みんな、一つ提案がある」

三

ミンミンとセミが轟音《ごうおん》で鳴いている。どんな暴走族よりも、夏のセミの方がうるさい。

夏休みがはじまり、学校も休みとなった。貫太は短ランをやめて、ボウリングシャツを着ている。これもヤンキーの定番だ。

ダンスを終えると、貫太の額から汗がしたたり落ちた。シャツもぐっしょり濡《ぬ》れている。

ここは、コミュニティーホールの裏手だ。この時間帯は日陰になっているが、それでも暑い。日陰が涼しいなんて一時代前の話だ。

遙香が褒めた。

「いいわ。すっごい上達してる。あなた、ちゃんと練習してるのね」

ダンスの練習に、遙香に付き合ってもらった。どうしても来人だけには負けたくなくて、遙香に頼んだ。

遙香が手本を見せてくれた。その技術に、毎回感心させられる。変な人だが、さすがダンス部の部長だけはある。

キンキンに冷えた麦茶を飲むと、貫太がなにげなく尋ねた。

「なあ、先輩」

「何よ？」

「先輩って、俺のことが好きなのか？」

遙香が、ぎょっとして跳び上がった。

「なっ、何よ。いきなり」

「いや、部員のみんながさ、先輩が俺のこと好きなんじゃねえかって言うんだよ。そんなわけねえよな」

「当たり前でしょ」

「あと、あれだ、先輩はツンデレってやつだってよ」

むきになって、遙香が否定する。

「そんなわけないでしょ！　私ダンス部の部長なのよ」

「それとツンデレは関係ねえだろ」

「それにあなた一年で、私三年よ。弟みたいなもんじゃない」

「そんなに怒んなって。ちゃんとあいつらに変なこと言うなって釘《くぎ》刺しとくからさ」

とつぜん、遙香がもじもじとする。

「えっ……うん。まあ、それは別にいいんじゃない」

「なんでだよ」

「それよりそれは何よ」

遙香があわてて、右下を指さした。その先には、貫太の大型バックがある。

「合宿だよ。合宿。今から合宿に行くんだよ」

「合宿？　何それ、Ｋ−ＰＯＰ部でそんなのやるの？　私聞いてないわよ」

「先輩ダンス部だろ。関係ねえじゃねえか」

「関係大ありでしょ。私達ＬＩＮＥ交換してるのよ！」

そういうものなのか？　スマホを持って間がないので、ルールがわからない。

「そういう大事なことはちゃんと教えなさい！」

「……わかったよ」

またぷりぷりしている。ほんと意味不明な人だ。


遙香と別れ、貫太は電車に乗った。

しばらくゴトゴトと揺られる。車窓の景色から建物がなくなり、どんどん自然が増えていく。

畑の土色や、木々の緑が目に優しい。

山間《やまあい》を抜けると、貫太は窓を開けた。緑の香りに混じって、潮の匂いがする。

そして電車を降りると、ジャリッと砂を踏んだ感触がした。海が近い証拠だ。

それを靴の裏で味わいながら、改札を出て進んだ。目の前には青い海が広がっていた。空も雲一つなく、何かの冗談のように晴れている。心が、夏の青に染められていく。

ただ豪快な風で、リーゼントが崩れそうになった。海とヤンキーの相性は悪いみたいだ。

堤防の上を歩いたり、釣り客のバケツの中を覗《のぞ》いたり、日陰で寝ている猫をからかったりしていると、木造の古い一軒屋にたどり着く。

瓦屋根で板塀がある。もう貫太の家の近くでは、こんな家はない。しかし古くはあるが、ボロという感じではない。きちんと人の手が入っているように見えた。

そしてその前に、人が数人いた。大地、凪、晴彦だ。

貫太が凪の方を見た。

「凪、家の人は許してくれたのか？」

凪がキュッと口角を上げた。

「うん。お父さんが夏は塾に行かなくてもいいって。コンテスト楽しみにしてるって」

「そりゃよかったな」

貫太は笑みを返すと、あらためて正面を向いた。

「なんだこりゃ。ここが合宿所か」

大地が、ぶつぶつ言い出した。

「……来人の知り合いの別荘だっていうから、プール付きの豪邸期待してたのに、なんだこのひなびた家は。ここで夏休み過ごすのかよ」

夏休みは全員で、泊まり込みの合宿をする。

来人がそう提案したのだ。Ｋ－ＰＯＰアイドルは常に一緒にいる。ユジュンがそう言ったからだろう。あの完璧なラジオ体操に、よほど感銘を受けたみたいだ。

「みんな来たか」

来人があらわれる。麦わら帽子に白いTシャツ、短パンというスタイルだ。

大地が悔しそうに言う。

「なんでそんな夏休みの小学生みたいな格好でも、おまえはかっこいいんだ。俺が大統領だったら、おまえからイケメン税を徴収する。最高税率で震えて眠れ」

「中、案内するから付いてこい」

来人が華麗にスルーして、扉の鍵を回した。

中はずいぶんと広い。板間と畳の部屋がある。畳の上には、大きめのちゃぶ台が置かれていた。ちゃんとクーラーもあるが、壁の上には、水色のファンの扇風機が設置されていた。年代ものだ。

貫太が、驚きの声を漏らす。

「おいおい、めちゃくちゃ広いな」

「元々ここはゲストハウスだ。古民家を改装してて、中の造りはしっかりしてる」

来人が、板間で軽く跳ねた。

「床も頑丈だからダンスの練習ができる。周りに民家もないから、多少音がうるさくても平気だ」

「まさに合宿にはもってこいってわけか……」

大地がうんざりした。これからの、ダンス地獄の日々を想像したのだろう。

ガラガラと来人が木製の雨戸を開けると、縁側と庭があった。

その奥手には、広大な海が広がっている。少し高台にあるので、海岸全体が見渡せる。砂浜を優しく撫《な》でるように、波が寄せては返していた。ザザッ、とかすかに潮騒《しおさい》も聞こえてきた。

「海の見える家だ」

晴彦が珍しく、はしゃいだ声を上げる。

「いいだろ。俺もこの景色が気に入ってるんだ」

来人が無邪気に微笑《ほほえ》んだ。

ニューヨークや東京のような都会ではない。こういう人間の原風景のような場所を、来人は求めてきたのだろう。

トラックが来て、ドサドサと荷物を置いていった。それぞれダンボールで梱包《こんぽう》されている。

貫太が尋ねた。

「なんだよ、これ？」

「人数分の二段ベッドだ。三つあって一段余るから、そこは荷物置き場に使おう」

「……そこまで合わせるのかよ」

ユジュンが同じ部屋で、全員二段ベッドで寝ていると言っていた。やると決めたら徹底的にやる。来人の性格がよく出ている。

全員で掃除にとりかかり、ベッドを組み立てる。それだけで日が暮れてしまった。

大地が、げっそりとした顔で言った。

「……腹減った。飯、飯にしよう」

「そうだな。ここってコンビニとかあんのか」

貫太が訊くと、来人がサッと否定する。

「あるわけないだろ」

「じゃあ飯どうすんだよ。K－POPアイドルを目指してるんだからダイエットしろってのか」

「俺が作る」

来人はそう言うと、エプロンをつけた。

キッチンに引っこむと、トントンと包丁の音が聞こえてきた。

しばらくすると、七海がやってきた。手には大きなスイカを持っている。

「おー、いい場所じゃない。余は気に入ったぞよ」

ドサっと座布団の上で胡座《あぐら》をかく。

「できた」

そのタイミングで、来人が料理をちゃぶ台にならべる。刺身の盛り合わせに、カルパッチョ、金目鯛《きんめだい》の煮付け、カンパチのあら汁もある。

貫太が、目をぱちくりさせる。

「来人、おまえ魚自分でさばいたのか？」

「当たり前だろ。さっ、食べるぞ」

ニューヨーク育ちのお坊ちゃんが、こんなに立派な魚料理を作れるものなのか？

いただきます、と全員で食べはじめる。大きなちゃぶ台なので、六人でも十分スペースがある。

刺身は脂がのっていて、金目鯛は口の中でホロホロと崩れ落ちる。味付けもちょうどいい。

うまい、うまいと全員が絶賛する。カチャカチャと箸の音が止まらない。

七海が、モグモグしながら尋ねた。

「来人、この魚どうしたの？　買ったの？」

「近所の漁港のおばちゃんがくれました。売りものにならないけど、味は良いって」

大地が来人の肩に手を置き、仏のような笑みを浮かべた。

「来人」

「……なんだ」来人が不気味がる。

「もうおまえは超越者だ。イケメン、モデル並みのスタイル、ニューヨーク育ち、トリリンガル、バレエ経験者、親が金持ち、その上、料理もできて、漁港のおばちゃんまでをも虜《とりこ》にする。完敗だよ。負けを認めてやる。おまえがナンバーワンだ」

「なんであんたが上から目線なのよ」

七海がツッコんだ。

食事を終えて、七海以外の男連中で風呂に入る。七海は駅の近くにあるマンスリーマンションを借り、そこから通うらしい。今は縁側で、手酌でビールを飲んでいる。アイドルというより、仕事終わりのおっさんだ。

風呂から上がり、タオルで頭を拭いていると、大地が貫太をまじまじと見つめた。

「なんだよ……？」

「おまえ、ひょっとして、髪下ろしたらかっこよくないか？」

「えっ、嘘」

凪と晴彦がドタドタと近寄ってきて、貫太を観察する。

「ほんとだ」凪も驚きながらも同意し、「イケメンだ」と晴彦もうなずいている。

大地が声を震わせた。

「ちょっと待てよ。いっつも派手なリーゼントに目がいってたから、貫太の顔なんて一切見てなかったけどよお。来人ほどじゃないけど、おまえもイケメンなのかよ。この裏切り者が！　おまえはユダだ！」

「何言ってやがる。リーゼントにした方がだんぜんかっこいいだろうが」

貫太が、グイッと前髪を上げる。

「だからその価値観なんなんだよって……まさか……」

大地が、歩きながらつぶやいている。

「氷の女王は、貫太のこの素顔を見抜いてたのか。特殊能力《オリジナルスキル》、『白銀の美眼』が発動したのか」

凪も声を高くする。

「絶対そうだって。みんな貫太の格好を怖がってたけど、御薗先輩だけフラットに見れてたんだって」

「それはおまえらの妄想だ。御薗先輩、別に俺のこと好きじゃねえってよ」

大地が不審そうに言う。

「……なんでそんなことわかんだよ」

「先輩に俺のこと好きなのかって訊いたら、違うってさ」

「……直接訊くって、おまえ伝説の勇者かよ。それがヤンキーなのか？　そういやヤンキーって、若いときにすぐ結婚するもんな」

「本人が違うってんなら、違うのかな」

晴彦が残念そうに言うと、七海がグイッと間に入ってきた。さっきまでと違い、その目がギラついている。

「ちょっと待った。貫太、そのときあの子、『そっ、そんなわけないでしょ』みたいな感じで言ってたんじゃない？」

七海が芝居がかった演技をするが、遙香とそっくりだった。

「先生、見てたのか？　先輩そのまんまだよ」

「……あんた、それはあたりよ。うちの氷の女王様は、転生ヤンキー・春井戸《はるいど》貫太に惚れている」

おおっ、と全員がどよめき、「学校中が大騒ぎになるよ」「どうしよ。告白するときみんなで覗かせてもらおうぜ」など口々に言い合っている。

どうどう、と七海が手で抑える。

「こういうのはどう？」

大地が目を光らせた。

「なんですか？」

「パフォーマンス終わり。貫太が女王様をステージに上げて告白するの。お客さんも大盛り上がりで、バズり確定よ」

「それだ！」

大地、凪、晴彦が同時に反応する。

バカバカしい、と貫太はあきれ果てた。

四

「はい、一旦休憩」

七海がそう合図を出すと、「死ぬ」と全員が倒れ込んだ。きつすぎて吐き気がする。もう酸素ボンベが必要だ。

七海が満足そうに言う。

「いいわね。ダンスがそろってきた。グループに一体感が生まれてるわ」

この二週間、睡眠、食事、風呂、トイレの時間以外、ほぼダンス漬けの日々を送っていた。寝食を共にすることで、みんなのことがより理解できてきた。

凪は機嫌がいいときは口笛を吹くが、びっくりするぐらい下手だ。

大地は目を半開きにして寝るので、かなり不気味だ。

晴彦は、目玉焼きに酢醤油《すじょうゆ》をかけて食べる。

来人は歯磨きで、フロスを延々やっている。帰国子女は歯が命だそうだ。あとゴキブリが大の苦手で、一度風呂場にあらわれたとき、殺人鬼に会ったようにパニックになっていた。

そんな風に、全員の個性を理解しはじめると、ダンスがピッタリとそろうようになってきた。

マンションで寝る時間以外は、七海も付きっきりで、ダンスを教えてくれている。

練習生時代を思い出してきたのか、その教え方にはより熱がこもっている。

圧倒的な練習量、熱量、そして絆が、五人の能力を飛躍的に向上させていた。

腹が鳴る。そろそろ夕食の時間だ。

貫太がため息をついた。

「オモニの冷麺と焼肉が食べてえな……」

これほど長期間、オモニの店に立ち寄らないことはなかった。

「俺もだ」

来人も同意し、「僕も」「俺も」「僕も」と他の三人もうなずく。もはや冷麺依存者だ。

七海が気合いを入れる。

「はいはい。今日は私が夕食用意したげるからね。元気だして」

すると、来人が話題を変えた。

「それより先生、質問があるんですが」

「何？　来人」

「ダンスの方はかなり実力が付いたと思うんですが、歌の方はどうするんですか？」

大地が、そこではたと気づいた。

「そうだよ。俺達K－POPアイドルだったら、歌って踊らないと」

フフッと七海が鼻をさすった。

「そこはちゃんと考えてるから、安心しなさい」

ガラガラと扉が開いたので、貫太達が玄関の方を見た。そして大きく目を見開いた。

そこには、オモニと新堂《しんどう》と遙香が立っていた。遙香は白いフリルのシャツと、空色のジーンズを穿《は》いていた。いつもと雰囲気が違うが、こういう服も似合っている。

急な来訪者に、全員が仰天する。

「えっなんでオモニと、女王様……じゃなかった、御薗先輩が」

大地が動転していると、七海が白い歯を見せた。

「そろそろオモニの冷麺と焼肉が恋しいんじゃないかと思って、オモニに出張してもらったのよ。御薗さんに付き添ってもらって」

貫太が新堂を指さす。

「新堂先生は？」

「ＡＴＭよ」

七海がそっけなく答えると、新堂が弱々しく微笑んだ。なんて悲しい笑みだろうか……。

みんなオモニと会いたかったのか、ワッとオモニを取り囲んだ。全員オモニとＬＩＮＥはしていたが、やっぱり直接会いたいのだ。

オモニが台所で、冷麺の準備をはじめる。興味があるからと、来人がそれを手伝う。

貫太以外のＫ－ＰＯＰ部の面々と七海、そして新堂は、スーパーに買い出しに出かけた。ヤクザに拉致されている……新堂の後ろ姿は、そうとしか見えなかった。

車に乗る寸前、大地が小声で忠告した。

「おい貫太、おまえ御薗先輩への告白は今すんなよ。コンテスト中にするんだぞ」

「バカ言ってねえで、早く買い出しに行けよ」

車が走り出すが、車内から大地が、手でバツ印を作っている。

貫太は庭に出ると、バーベキューの準備をはじめた。新堂が、バーベキューセットを持ってきてくれたのだ。

そこへコソコソと、遥香が近寄ってきた。

「ちょっと貫太。ＬＩＮＥぜんぜんしてくれないじゃない。大事な話はちゃんと教えなさいって言ったでしょ」

またご機嫌斜めだ。

「練習漬けで、それ以外に何も起きなかったよ」

「でもオモニは、貫太からＬＩＮＥが来るって言ってたわ」

「そりゃオモニには連絡するだろ。オモニなんだから」

「なんでよ。おかしいでしょ！」

なぜかガミガミと叱られる。これのどこが俺に惚れてるだ。大地に、この光景を見せてやりたかった。

バーベキューの準備が終わり、みんなが帰ってきたところで、オモニが言う。

「はい、お待たせ。冷麺だよ」

全員分の冷麺が、ズラッとちゃぶ台の上に並んでいる。夢にまで見た、オモニの冷麺だ。

全員がいっせいに食べはじめ、同時に歓声を上げた。うますぎて、貫太はくぅっとうなった。舌と胃が抱き合って感涙している。

「オモニ、おいしいよぉ」

七海は、実際に泣きながら食べている。遥香も、オモニの冷麺のうまさに驚いていた。

それからバーベキューセットを使っての焼肉タイムだ。こちらも負けず劣らずおいしい。ずっと魚中心の食生活だったので、胃がパニクっている。

「今日はダイエットは関係なし。食え食え、野郎共」

タオルを頭にまいた七海が、次から次へと肉を焼き、みんなの皿に載せていく。まさに姉御《あねご》という感じだ。全員が満腹になったところで、七海が来人を見た。

「来人、歌をどうするかって話の続きがまだだったわよね」

「ええ」

来人がうなずくと、七海が貫太を見て、顎でしゃくった。

「さっ、出番よ。貫太」

貫太の目が点になった。

「なんだよ。出番って」

「なんでだよ」

「みんなの前で、あなたの歌を披露しなさい」

「何言ってんの。貫太の歌があるから、K－POP部を作ることにしたんじゃない」

「俺の歌？」

そういえば、七海の前でも一度だけ歌ったか。

「あんた、オモニの前だったら歌うんでしょ」

七海が、ニッと笑ってオモニを見る。なるほど。それでオモニを連れてきたのか。

オモニが、目を細めて後押しした。

「貫太、みんなに聞かせておやり」

「……いや、でもよ」

「百万円」

オモニと七海が、同時に一本指を立てる。そうだ。俺には呪いがかかっている……。

半信半疑のみんなの視線が、貫太に突き刺さる。

どうなっても知らねえぞ、と貫太はやけくそ気味に喉を開いた。

久しぶりの歌だが、思ったよりも声が出せる。高音のキーも大丈夫だ。それどころか前以上に、声量が大きくなっている。

腹筋と体幹が強くなっているのが、自分でもよくわかる。ダンスで鍛えた成果だ。

歌い終わると、まずオモニが拍手した。

「よかったよ、貫太。チェゴ《最高》」

それに続くように、ワッと全員がいっせいに拍手をした。さっきまでの疑いの目が、キラキラと輝くものに変わっていた。大地が興奮して叫ぶ。

「貫太、おまえなんだよ。そんな特技を隠し持ってたのかよお。なんちゅう美声だ。まるで鈴虫の声を出すゴキブリじゃねえか」

「どんな例《たと》えだよ」

貫太はふくれっ面になるが、凪、晴彦は褒め称《たた》え、「いや、驚いたな」と新堂はまぶたをゴシゴシする。

「すみません、ちょっとお手洗いに」

ササッと遙香が、顔を隠してトイレに向かう。また例の謎の行動だ。

来人が、七海を見て微笑んだ。

「先生、これだったらイケますね」

「でしょ」

七海がウィンクをする。

スマホが震えた。確認すると、遙香からのＬＩＮＥだった。『すっごいよかった。素敵すぎ！感動！　また聴きたい！』という珍しくはしゃいだ文と、変な趣味のスタンプが連打されている。

スッと気配を消して、遙香がすまし顔で戻ってきた。

先輩、なぜ直接言わないんだよ？

貫太がそう疑問を口にしかけると、「何！」と、遙香にもの凄い視線をぶつけられた。

七海が手を叩いた。

「さっ、サプライズはこれだけじゃないわ。サンナムジャの曲が完成したの」

ええっと一同が驚きの声を上げる。ずっと、有名なＫ－ＰＯＰの曲で練習をしていた。本番もそのコピーでやるのかと思っていた。

貫太がびっくりする。

「マジか。いつの間に。ってか誰が作ったんだよ。先生か？」

「私は振りつけはできるけど、曲は作れないわよ。ブランケットの曲作ってた作曲家にお願いしたの。Ｋ－ＰＯＰの世界じゃかなりの有名人」

「そんな人に作ってもらったら、金かかるんじゃないのか？」

「まあそいつの弱味を握ってるからね。タダで作らせたわ」

ふふっと七海が、不敵に肩を上下する。「俺と同じ奴隷だ。奴隷の先輩、ドレセンだ」と新堂がガタガタと震えていた。

すると遙香が、ストレッチをはじめた。

「何やってんだ、先輩？」

七海が代わりに答える。

「今からその曲で、私と一緒に踊るの。御薗さんが、私にできること何かありませんか、って申し出てくれたから、私が頼んで振りつけ覚えてもらったの。あんた達、感謝しなさいよ」

大地が、目を充血させて言う。

「元アイドルとダンス部部長のダンスがかぶりつきで見られる。なんて役得だ！」

七海と遙香が並んで立ち、二人で目で合図した。凪が音楽を流す。

いきなりインパクトのあるサビから入る。初《しょ》っぱなからハイトーンだ。

さらに裏声と地声の入れ替わりが激しい。こんな難曲、俺に歌えるのか？　絶対に声がひっくり返りそうだ。ツーッと、背中に汗がしたたり落ちる。

その後も間奏ではなく、新しくサビがあるなど、一番と二番に同じ箇所がまったくない。

絶対に聴く人を楽しませる。そんな作曲者の意気込みが伝わってくる。七海が強制的に作らせたとはとても思えない。プロの力作だ。

七海と遙香のダンスも見事だ。静と動のメリハリがとてつもない。ダンス漬けの日々を送ったおかげで、前よりも二人の技術の高さが理解できる。

さらに振りつけが楽しい。印象的な、思わず目を奪われるような振りつけだ。七海の才能が爆発している。

部員の個性を引き出すようなダンスも、ずいしょにちりばめられていた。

あれは晴彦で、これは大地か。可愛《かわい》いポーズとスマイルは凪だろう。足を高く上げるのは、来人。そして、クシで髪を上げるポーズは、間違いなく貫太だ。

最高の曲に、最高の振りつけ。ただこれは……あまりに難しすぎる。

「どうだった？」

七海が期待に満ちた表情で訊くが、全員がしーんと静まり返っている。

どんよりとした様子で、大地が答えた。

「先生、これ難しすぎますって……俺、これ踊る自信ないですよ」

貫太も同意する。

「……俺もこんなの歌えるかわからねえ」

凪、晴彦も表情が冴《さ》えない。

「何言ってんの。今のあんた達ならできるって」

七海が励ますが、まるで効果がない。

すると、オモニが口を開いた。

「大丈夫だよ。みんななら大丈夫。ハルスイッソ《できるよ》」

貫太の口元がゆるんだ。

「そっか、そうだよな。オモニが言うんなら大丈夫だよな」

「そうだ。俺達はできる。できるぞ」

大地が気合いを入れ、凪、晴彦も元気になる。来人もふっと微笑んでいた。

七海が、不満そうに頬をふくらませる。

「……なんでオモニと私じゃ反応正反対なのよ」


その後、再び宴会がはじまると、「海が見たい」とオモニが貫太に頼んできた。

二人で外に出ると、「ずるい。私も行く」と遥香も付いてきた。

ぬるい海風が頬をなでてくる。もう夜なので、足元がよく見えない。オモニを歩かせるには危険だ。

貫太がしゃがんだ。

「オモニ、海岸までおぶってやるよ」

「じゃあお言葉に甘えて」

オモニを背負って立ち上がる。軽い。ほとんど重さを感じない。

遥香がスマホのライトで、足元を照らしてくれる。虫の輪唱があちこちから聞こえ、少しずつ波の音が大きくなってくる。

オモニの体温が背中に伝わってきて、なんだかぽかぽかしてきた。

「貫太はほんとにサンナムジャだね」

オモニが言うと、遥香が首を傾《かし》げた。

「サンナムジャ？」

「男の中の男って意味だよ。貫太みたいだろ。そう思わないかい？　遙香」

遙香がもごもごと応じる。

「えっ、うん。まあ……」

オモニが感慨深げに言う。

「こうしておぶられていると、子供の頃を思い出すよ」

オモニの子供の頃？　当然そんな時代もあったのだろうが、貫太にはまるで想像ができない。

すると、オモニの体が小刻みに震えだした。

「どうしたんだ。オモニ？」

「……ちょっと海が怖くてね」

貫太は耳を疑った。

「怖い？　じゃあなんで見に行きたいなんて言ったんだよ」

続けて遙香が心配そうに訊いた。

「オモニ、引き返した方がいいんじゃない」

オモニが静かに首を振る。

「いや、行くよ。見に行きたいんだ」

震えはまだ感じるが、オモニの声色は、真剣そのものだった。

三人で海岸に到着する。オモニを砂浜におろすためにしゃがむと、足が砂に沈み込んだ。

貫太と遙香がオモニを挟む形で、砂浜に座り込む。昼間の太陽をたっぷり吸っているので、夜でもまだ熱い。

オモニが海を眺めている。ただ黙って、静かに、夜の海に見入っていた。

今日は満月だ。白銀の月が夜空を照らし、海に月光の道を作っている。

どこまでも、世界の果てまで行けそうな、美しく輝く一本道――。

ザーッ、ザーッと潮騒だけがあたりに響く。夜に聞くと、また格別なものがある。

頃合いを計るように、遙香が尋ねる。

「どう、オモニ？　怖くない？」

「怖くないよ。平気だよ。貫太と遙香がいてくれるからね。ありがとう」

たしかに怖がっている様子はない。貫太は安堵《あんど》した。

夜の海を見つめながら、三人でたわいもない話をする。夏休み中オモニと話せてなかったので、会話が止まらない。

「オモニ、聞いてくれよ。先輩がＬＩＮＥ送ってこないって怒るんだよ」

遙香が動揺する。

「ちょっと、何言ってんのよ。別に怒ってないでしょ」

「怒ってただろ」

二人でもめていると、「まあまあ」とオモニがなだめた。

「じゃあ遙香と貫太と私で、ＬＩＮＥのグループを作ろう」

貫太が目をパチクリさせる。

「オモニ、そんなことまでできんのかよ」

「冷麺作りとスマホいじりは私の特技だよ」

三人でグループLINEを作る。グループ名は、『七海と来人には内緒だよ』だ。オモニオリジナルのLINEスタンプが送られてくる。自分で絵を描いたそうだ。「オモニ、ありがとう」と遙香がうきうきし出す。

「なんだよ、このグループ名」

貫太が訊くと、オモニが笑った。

「七海はすぐにスネるからね」

「なるほどな」貫太がニッと同意する。「でも来人は大丈夫だろ?」

「そんなことないよ。あの子は寂しがり屋だからね」

それは腑《ふ》に落ちない。

「でも三人でグループが作れてよかったよ。貫太は知らないだろ?」

「何をだよ」

「ここに来る途中、教えてもらったんだけどね、遙香は前から貫太のことを知ってたんだよ」

「ちょっと、オモニ」

遙香があわてふためく。

「知ってたって、どういうことだよ。先輩?」

遙香が、困ったようにオモニを見つめる。オモニがコクリとうなずくと、遙香がしぶしぶと切り出した。

「……あなた、入学して一週間後ぐらいに、電車で痴漢を捕まえたでしょ」

「ああ、そんなこともあったな」

中年のおっさんが、女子高生の体を触っていたので、とっ捕まえて駅員につき出したのだ。

「あの痴漢にあってた子、私の友達なの」

「そうなのかよ」

「あの子が痴漢によくあうって言うから、あの日私も同じ電車に乗ってた。現行犯で捕まえてやろうって」

「なんだ。じゃあ俺がやんなくてもよかったな」

「そんなことない。私はいざその現場に出くわして、怖くて声が出せなかったの……」

悔しそうに、遙香が漏らす。それから顔をそむけた。

「あのときはお礼を言えなかったから、今言うわ。ありがと」

なるほど。だから遙香は、初対面でも貫太を怖がらなかったのか。ヤンキースタイルへの免疫があったのだ。

「それで遙香は、貫太をかっこいいと思ったんだね」

「ちょっとオモニ、私そんなこと言ってないでしょ！」

アワワと、遙香がパニックになった。オモニが冗談が好きなのを、遙香は知らないようだ。

それからしばらくの間、貫太と遙香で、夏休みのできごとを話し続けた。ふんふんとオモニが耳を傾けてくれる。オモニに話を聞いてもらう。それは貫太の心にある、大きな幸せの一つだ。

遙香もきっと、同じ気持ちに違いない。オモニを通じて、心が繋《つな》がっている感覚がする。

気がつけば、月の位置が上空に達していた。長居しすぎた。

「オモニ、そろそろ行くか？　みんな心配するからな」

「もうちょっとだけいてもいいかい」

「……まあかまわねえけど」

そうしてオモニは、また静かに海を眺め出した。

どうして海が怖かったんだ？

貫太はそう訊きたかったが、なぜかその言葉は、喉の奥に引っかかって出てこなかった。

五

それから一週間が経《た》った。

「先生、歌いながら踊るってこんなに難しいのか？」

貫太がぼやいた。歌はどうにか形になってきたが、ダンスしながらだとまるで歌えなくなるとわかった。

「こんなの脳が二つなきゃできねえよ」

七海が腕組みをする。

「たしかにプロでもこれは難しいからね。じゃあ音を分解して聴きなさい」

「どういうこったよ？」

「スネアならスネア、ギターならギターって、音を分解しながら聴いてみるの。歌いながら踊れないっていうのは、まだ耳ができてないのよ」

「まあよくわかんねえけど、やってみるよ」

七海の指示に間違いはない。もうそれは十分にわかった。

来人が、ふんと鼻を鳴らした。

「なんで、そんなこともできないんだ」

貫太ほどではないが、来人も歌がうまく、踊りながらでも音程を外さない。

大地ではないが、来人は一体何ならできないんだ？

「うるせえ、いいか、俺がリードボーカルで、おまえはセカンドだからな。それを忘れんなよ」

貫太が釘を刺す。すると来人が、七海の方を見た。

「……先生、振りつけの部分で相談があるんですが」

「何？」

「貫太と俺が見つめ合う振りつけ。あれなんとかなりませんか」

貫太が激しく同意する。

「そうだ。そうだ。あんな気味の悪いのできっかよ」

七海と遥香の手本のときも、気になっていた部分だ。

「何言ってんの。ああいうBL好きな女子をキャーッと言わす部分作ったら、ガンガン盛り上がるじゃない」

「BLってなんだ？」

「ボーイズラブの略よ」

貫太は頭痛がした。BL……ヤンキー漫画とは正反対すぎるジャンルだ。

「嫌だ」「絶対に嫌です」

貫太と来人が珍しくタッグを組んで、七海に反抗すると、「……わかったわよ。そこはなしでいいわ」と七海が折れた。

縁側を見ると、晴彦が耳にイヤホンを挿して、ぶつぶつつぶやいている。そのフレーズは韻を踏んでいた。

貫太はその隣に座り、イヤホンを取って話しかける。

「どうだ。できるようになったか？」

「ぜんぜんできないよ」

晴彦が浮かない顔をする。ラップの担当が、晴彦になったのだ。

引っ込み思案の晴彦には難しいのではないか。晴彦自身もみんなも反対したのだが、「晴彦に任せよう」と貫太が強引に押しきった。

晴彦が困惑気味に尋ねた。

「ねえ、貫太。どうして僕なの？　ラップは凪や大地の方が向いてるんじゃない？」

「おまえが一番向いてるよ」

「ぜんぜんそうは思えないけど」

「ラップって魂の叫びなんだろ。晴彦は本好きだから言葉が好きなはずだ。あと何より、おまえは根性がある」

晴彦がきょとんとする。

「根性？　僕が？　僕、不登校のいじめられっ子だよ」

「おまえいじめられても、周りに絶対にそれを言わなかったじゃねえか。心配かけたくねえって。

まあそれはよくない行動だったかもしれないけどさ、でもそれって根性ないとできないだろ」

貫太が、ポンと晴彦の背中を叩いた。

「おまえだったら絶対できる。喧嘩もできたじゃねえか。ラップもできる」

晴彦がクスッと笑う。

「喧嘩とラップはぜんぜん違うけどね」


それから夏休みの最終日まで、貫太達の合宿は続いた。

サンナムジャのオリジナル曲を、限界までみっちり練習した。

寝るときも、音楽を流して寝ていた。二十四時間すべてを、歌とダンスに捧《ささ》げた。

その成果は如実に出た。

貫太は、歌とダンスが一緒にできるようになったし、晴彦も、軽快にラップを歌えるようになった。

ダンスもかなりの完成度まで高められた。これなら人前に出ても、恥ずかしくはない。

全員風呂に入って歯磨きを終えた。あとは寝るだけだ。

「じゃあ電気消すぞ」

二段ベッドの上から、貫太がカチカチと電灯の紐《ひも》をひっぱった。

部屋がまっ暗になると、疲れでいつもストンと眠れるが、今日は一向に睡魔が訪れない。

最終日なので音楽も止めている。リリリと虫の音が聞こえてきた。かすかに潮騒も響いている。

夜の静けさに、じっと耳を傾けた。

暗闇の中、大地の声が響いた。

「今日で合宿も、みんなでこうして寝るのも、最後だな」

「そうだね」と晴彦が同意し、「ちょっと寂しいね」と凪が残念そうに言う。充実感よりも、凪の言う寂しさの方が勝っている。

来人がとうとつに言った。

「みんな、ありがとうな。俺のわがままに付き合ってくれて」

凪が応じる。

「こっちこそありがとう。勉強だけしてたら、こんなに楽しいこと経験できなかった」

「俺も」と大地。「僕も」と晴彦。

そして、来人の澄んだ声が聞こえてくる。

「俺が子供の頃、父さんと母さんが離婚したんだ」

急な告白に、貫太はドキリとした。他の三人もそうなのか、その場がしんと静まり返る。

「俺の父さんは、韓国系アメリカ人で、俺は父さんが好きだった。俺は母さんに引き取られたけど、離婚したばかりの頃は、父さんに会いたいっていてわめいて、母さんを困らせた」

あの光景が、貫太の脳裏をよぎった。

来人とオモニが店で話し込むのを覗いたときだ。オモニはアボジ《お父さん》のことを話していた。あのとき来人は、やけに神妙な表情をしていた。

来人が続ける。

「母さんは仕事で忙しくて、俺は一人でいることが多かった。しかもアジア系のハーフで、育ちはニューヨーク。血も国も言葉も、どこにも拠《よ》って立つ場所がなかった。

だから何をしても、自分は孤独だと感じていた。何か胸の中に空洞があるような、風がスーッと吹き抜けるような、そんな感じがずっとしてたんだ」

暗闇の中だからこそ、その告白が胸に響く。

来人は寂しがり屋だ――オモニがそう漏らしていたことを、貫太は思い出した。

「でもこの合宿で、その胸の穴が消えた気がする。みんなで、グループで一緒に頑張れたからだ」

コンテストのためではない。この合宿は、来人の心が渇望していたものだ。そう気づいたような声音《こわね》だった。

「先生が言ってたけどよ。K－POPってグローバルだから、グループにはいろんな国籍や人種の人がいるってよ。だから来人にK－POPは、ピッタリ合ってたんじゃねえのか」

貫太が口を開き、来人が、感じ入るようにつぶやいた。

「……そうかもな」

凪、大地、晴彦も、お互いの胸のうちを吐露する。

顔を見合わせてだと恥ずかしくて、到底口にできない内容だ。でも暗闇の中だと、みんな心をさらけ出せた。この夏休みで、俺たちは本当の仲間になれたんだ。

大地が、からかうように言う。

「でもこの合宿での一番の驚きは、貫太だな。貫太の歌があんなにうまくて、前髪下ろすとイケメンになるなんてな」

「うるせえよ」

「でもよ、なんで歌のこと隠してたんだよ、そんなリーゼントとか、ヤンキースタイルにこだわるのもなんでだ？」

貫太が声を強めた。

「俺はよ、来人と違って父親が大嫌いだった。なんせ俺が子供の頃、女作って家出てったろくでなしだからな。あの野郎は、俺と母ちゃんをゴミのように捨てやがった」

スッとみんなの空気が変わるのを感じたが、かまわずに続ける。

「親が離婚したのは俺が小さな頃で、ほとんど記憶はねえ。父親は家にも居着かなかったからな。ただ唯一覚えてんのは、あいつの歌がやけにうまかったことだ」

父親の顔すら記憶にない。でも風呂場で父親が歌う歌声だけは、今でも頭の隅にこびりついている。忘れたくても忘れられない。クソ親父《おやじ》の最低な置き土産《みやげ》——。

「だから俺は、人前で歌うのを避けてきた。嫌だったんだ。嫌いなあいつの才能を受け継いだのが。それに歌うと、どうしてもあいつの歌声を思い出しちまう……それが我慢ならなかった」

そこで一つ息を吐く。

「でもよ、オモニの前では不思議と歌えた。オモニに向けてだったら平気だった」

「僕達の前では？」

慎重に凪が尋ね、貫太が明るく答える。

「大丈夫だ。もう克服した。俺の歌はサンナムジャの武器だからな」

ほっとした空気が、暗闇をじんわりと満たす。オモニやみんなのために歌う。そう想《おも》えば、父親のあの歌声は聞こえてこない。

「俺はよ、親の離婚はショックじゃなかった。うちの母ちゃんもサバサバした人だから、『出ていってせいせいした』って豪快に笑ってた。

でもさ、ある夜寝れなくて、リビングに入ろうとしたらさ、母ちゃんが泣いてたんだよ。一人でさ」

あの光景は、今でも忘れない。薄暗い照明の下で、ポツリと母ちゃんが座っている。その頬には、一筋の涙が伝っていた。あの気丈な母ちゃんが、泣くことなんてあるのか……。その涙の雫《しずく》は貫太の胸で、悲しみの海となった。傷口に海水を浸したように、心が染みてならなかった。その震えるような痛みに、貫太は泣きそうになった。

「そのときふと思ったんだよ。俺は強くなんなきゃなんねえって」

グッと貫太が拳《こぶし》を握りしめた。

「どうやったら強くなれんだろって考えてるときにさ、じいちゃんの家の本棚で、漫画本を見つけたんだよ。それが昔のヤンキー漫画。短ラン、ボンタン、リーゼントのヤンキー達が大暴れしてるやつだ。

それ読んでさ、これだって感じた。漫画の中のヤンキーは、みんな強くてたくましくて、何より仲間想いだった。ほんと男の中の男だ」

大地がぼそりと言う。

「サンナムジャだな」

貫太が強く同意する。

「そうだ。サンナムジャだ」

そこで貫太が脱力した。

「まあ漫画のヤンキー達は、誰も歌って踊らなかったけどな。でも俺は、やってよかったと心から思う」

最初は、百万円の借金のためだった。ヤンキーが歌って踊ってアイドルをするなんて、嫌で嫌でたまらなかった。

でも今は、その借金に感謝しているぐらいだ。

俺は、俺達は、最高の夏休みを過ごすことができた――。

そこで、しばし沈黙が訪れた。ああ、この一夜は、きっと大切な思い出になる。そう確信させるには十分な静けさだった。

凪が力強く言った。

「絶対、コンテストで優勝して、オモニの店を助けようね」

そうだな、だな、と各々が口にする。

結局深夜遅くまで、貫太達は暗闇の中で語り合った。

六

二学期がはじまった。

夏休み中はボウリングシャツで過ごしていたが、今日からまた短ランとボンタンで通える。やっぱりこれでないとダメだ。

「おい君、その格好はなんだね」

急に校門の前で、白髪《しらが》頭の男に声をかけられる。髪が薄いのか、地肌が見えている。この学校の校長だ。

「文句あんのかよ。ここは服装自由だろ」

「……自由にも限度がある」

「辞書にはそんなこと書いてなかったけどな。校長先生も辞書見返した方がいいぜ」

そう言って貫太が校長の肩を叩くと、その肩は怒りで震えていた。もう髪の毛が薄いので、リーゼントがうらやましいのだろう。

昼休みになりいつものように屋上にいると、新堂があらわれた。

「どうだ。合宿の成果は出せそうか？」

「バッチリ！」

貫太が親指を立てると、新堂がほっと眉を開いた。

「じゃあ今日の審査会はうまくいきそうだな」

今日の放課後、コンテストに出場するメンバーを選ぶための審査会が開かれるのだ。テレビ局のスタッフの前で、パフォーマンスを披露する。

これなら絶対にいける。全員が自信を持っているし、七海も貫太達の仕上がりに満足していた。これで無理だったら、スタッフを全員竹刀でしばき倒す。そう豪語するほどだ。

貫太達のライバルとなるダンス部の遙香も、これだったら大丈夫、と太鼓判を押してくれている。

正直、今日審査を受ける連中の誰よりも、練習に練習を重ねてきた自信がある。

新堂が、遠い目をして言った。

「……春井戸、先生彼女欲しいって言ってたよな」

「ああ」貫太がうなずく。

「先生、もう彼女はいらない。独身でいい。一生部屋で、ビーズアクセサリーを作っとくよ」

「なんでだよ。殿上《とのうえ》先生紹介してあげたじゃねえか」

「……それだ。先生の仙人化は、殿上先生が原因なんだ。あんなに綺麗なのに、あんなにおっかないんだぞ。春井戸、先生は痛感した」

「何をだよ」

「アイドルってのは、本当にスターなんだ。遠くで見ると、キラキラと輝いている。だから俺達ペンは恋い焦がれ、あわよくばお近づきになりたいと夢想する。でもな……」

クワッと新堂が目を縦に開く。

「でも実際に近づくと、その星は業火で覆われた地獄なんだ。鬼と亡者だけがうごめく、魑魅魍魎《ちみもうりょう》の世界。先生は心底学んだ。スターは遠くから見ないとダメなんだ」

ムンクの叫びのように、顔が悲痛にゆがむ。よほど七海にこき使われているのだろう。女を見る目って本当に大事なんだな、と貫太はしみじみ感じた。

ヨロヨロと新堂が立ち去ると、またいつものように、今度は遙香がやってきた。

遙香が、偉そうに尋ねてきた。

「どう、今日が本番だけど、準備は万端？」

「……それさっきＬＩＮＥで訊いてこなかったか？」

「ＬＩＮＥと直接は違うじゃない」

オモニと作ったグループで、遙香は毎日のようにメッセージを送ってくる。大半がどうでもいいことだ。

既読スルーしたいが、オモニが、「貫太はどう思う？」などと訊いてくるので、何か返さざるをえない。

「大丈夫だよ」

「じゃあ見てあげるから、やってみて」

「もう先輩のテストはいいって。今から本番だぞ」

「いいからやりなさい」

遙香が命じるので、貫太は仕方なくやってみせる。歌のキーも大丈夫だし、ダンスもミスなくできている。自分で言うのもなんだが、完璧だ。

ダンスを終えて、「先輩、どうだ」と尋ねると、また遙香が背中を向けた。この妙な癖は、本当になんなんだろう？

肩を上下させてから、遙香が向きなおる。

「いいわ。これなら大丈夫」

「……だから言ったろ？　本番前に無駄に疲れたじゃねえか」

「サンナムジャ全体では他に誰かに見せたの？」

「誰かって……先生がずっと見ててくれたけど」

遙香が一瞬、表情を曇らせたが、「まあ大丈夫よね」と一人つぶやいた。

そのどこか不安げな声色が、貫太の胸に引っかかった。


体育館は、たくさんの人でごった返していた。

みんな、コンテストの出場権を狙う生徒達だ。

同じ高校から何組でもエントリーできるが、テレビ放送される本選に進出できるのは四十チームほど。遙香が主将として出場するダンス部は当確だろう。

貫太達のライバルになるのは、学校の人気者同士で組んだバンド、それと合唱部員によるボイスパーカッションだ。実力者ぞろいだと噂されている。

体育館の舞台袖に、貫太達が集まる。本番ではないので全員ジャージ姿だ。

なぜか大地の顔色が悪い。貫太が心配して尋ねる。

「おい、どうしたんだよ」

「いや、なんか緊張しちゃってよ」

声だけでなく、膝頭までもが震えている。凪と晴彦を見ると、大地と同じく二人も表情が冴えない。

貫太の喉がキュッと音を立て、潤いが消えた。まるで喉が張りついたみたいだ。脇に冷たい汗を感じる。ドクドクと急に脈が速くなった。体内の調整器官がとつぜん狂ったように。

なんだ、これ……。

七海が、快活に声をかける。

「さっ、みんな出番よ」

足を一歩踏み出すが、足元がなんだかふわふわしている。雲の上を歩いている気分だ。

舞台に立って前を見ると、パイプ椅子に座った番組のスタッフ達が、ズラッと並んでいる。みんながみんな、氷のような冷徹な目をしている。とても、楽しい番組を作っている人間だとは思えない。

その奥では、審査が先に終わった生徒達がこちらを見ている。なんでいるんだよ。サッサと帰れよ。

来人目当ての女子生徒達もいるみたいだ。ダンス部もいるし、遙香もこちらを見つめていた。なぜか全員の目が、まっ黒になっていた。まるで、ホラー映画に出てくる人形のようだ。

まずい……。

緊張がピークになったところで曲が鳴る。

しまった――。

歌い出しを完全に間違えた。あれだけ練習した歌なのに、キーがまるで合っていない。自分の喉が、なんだか借り物みたいだ。

他のメンバーも同様だ。体が硬く、動きが合わない。表情でパニックになっているのがわかる。

唯一いつも通りだったのが、来人だけだ。ただ来人だけがうまくできているので、より他のみんなのミスが際立ってしまう。

ポジションを入れ替えるところで、大地がつんのめってこけた。晴彦ともつれあう。

ドンと凪と貫太がぶつかり、凪がふっとんだ。

ダンスどころか、四人が転んでしまった。生徒達の笑い声が聞こえる。

もうむちゃくちゃだ……。

舞台袖を見ると、七海が頭を抱えていた。

七

ズーン、と部室の空気が沈み込む。

貫太、大地、凪、晴彦が、膝を抱えて座っていた。もう落ち込みすぎて、床がベキッと割れ落ちそうだ。

審査のあと、逃げるように部室に戻ってきたのだ。

七海が励ます。

「ほらっ、元気出しなさいよ。まだ落ちたって決まったわけじゃないでしょ」

大地がじめっと言う。

「あれで受かるわけないじゃないですか……」

うっ、と七海は二の句を継げないでいる。それから声のトーンを落とした。

「全部私のミスだわ。人前でパフォーマンスをする練習をしてなかったから。あんた達教室の隅っこにいる、ジメジメ男子だったのに」

「どうせ。俺は陰キャですよ！　日に出たら溶ける系の、悲しき妖怪ですよ！」

自暴自棄になって、大地がわめいた。

ガシガシと七海が頭をかきむしる。

「あーもう、私だってショックなのよ。付きっきりで全力で教えたのに、まさかあんな大失敗するなんて。私の時間と労力、あんた達のおかげで全部台なしじゃん」

大地が目玉をひん剝《む》いて、七海を指さす。

「心の声ダダ漏れなんですけどぉ！　先生が絶対に口にしちゃいけないやつでしょ」

「うっさい、うっさい！　私は本物の先生じゃなくて、臨時職員だからいいの！　しかもこの部活指導はボランティアだし！」

「ずっる、それ、ずっる！」

「アイドルはずるいの！」

七海と大地がわめき散らしている。

貫太はこれまで、緊張したことがなかった。空手の試合でも喧嘩でも、あんな風になったことはなかった。

緊張の原因は、チームだからだ。自分のミスが、グループのミスになる。そう思った途端、体と心が固くなった。合宿で絆を深めた分、余計にだ。太い繋がりが恐怖を一段と増幅させ、来人以外の全員が同時に感電した。

今までの苦労はなんだったんだ？　百万円はどうすんだ？　ワッ、と貫太は叫びたくなった。

チラッと貫太が来人を見ると、来人はすまし顔でいた。

貫太がぶすっとして言う。

「なんだよ。おまえは責めねえのかよ」

「おまえらのミスは、俺のミスだからな」

クソッたれ。善人モードに入ってやがる。こういうときは、責めてくれた方が楽なのに……メリメリと貫太は沈み込んだ。

それから二日間、貫太達は死人のように過ごした。一応部室に集まるのだが、みんな一言も口を利かず、ただただ落ち込んでいた。お通夜よりも空気が淀《よど》んでいた。

ハア、と七海が何度もため息をついていた。

ガラガラと扉が開くと、遙香が入ってきた。K－POP部の部室に来るのははじめてだ。

七海が、きょとんと尋ねる。

「どうしたの、御薗さん？」

「本選出場の結果が出たので、報告にきました。みなさんいらしてなかったんで」

貫太が、ガクッとしおれた。

「先輩、いいよ。聞かなくても結果はわかってる」

「結果は、不合格です」

遙香が短く言い、全員がズーンと深海の底まで落ち込んだ。わかってはいたが、現実はなんて無情なんだ……。

かすれた声で、七海が礼を言う。

「……ありがとう、御薗さん」

「でもみなさんは、敗者復活戦に出場できることになりました」

ピクリと貫太が反応する。

「先輩、なんだよ、敗者復活戦って」

「今年から、不合格者の中でも、番組に認められたグループ達には敗者復活戦が用意されることになったの。それにＫ－ＰＯＰ部は選ばれました」

「ええっ！！！」

ドタドタと全員が遙香の元に集まる。目が血走っているので、遙香が怯《おび》えて後ずさった。

大地があたふたと問う。

「なんでですか、あんなにひどいできだったら、敗者復活戦にも行けないんじゃ」

「殿上先生が私に送ってくれたみんなのパフォーマンス動画を、南《みなみ》先生に見せたんです。そしたら南先生がいたく感心されて、番組のスタッフに見せたんです。あれは緊張のせいで、あの子達の本当の実力はあんなものじゃないって。それで敗者復活戦に行けることになったんです」

七海が、パッと顔を輝かせた。

「ありがとう。グッジョブだわ！」

そして遙香をギュッと抱きしめる。とつぜんの七海の行動に、遙香の顔がまっ赤になった。

全員で遙香と七海を手を繋いで囲んで、「グッジョブ、グッジョブ」とグルグル回る。歓喜の舞だ。

舞を終えると、七海が声高らかに言った。

「聞け、みなのもの。女王の機転によって、我が王国は亡国の窮地を脱した」

「女王万歳！　サンナムジャ王国に幸あれ！」

大地が叫んでいる。あの落ち込み具合が嘘みたいだ。

「でもみんなの弱点を克服しないと、敗者復活戦を勝ち上がって本戦出場、ましてや優勝なんて絶対にできないわ」

七海が口調を変えて、大地を指さした。

「大地、なぜ失敗したと思う？」

「……それは、大勢の人に見られることに緊張しました。そんな経験したことなかったんで」

「晴彦、凪、貫太は？」

「僕もそうです」と晴彦。「緊張している大地と晴彦を見てたら、僕も緊張しちゃって」と凪。

「俺もそうだ」と貫太がうなずく。

来人が空気を読まずに言う。

「俺はいつも通りできた」

「うるせえ。なんで一人だけ完璧にやってんだよ！」

大地が声を荒らげると、七海がズバリと言う。

「わかったわ。でも、これは慣れるしかない。アイドルなんか、何万人という人の視線を受けて、パフォーマンスをしないとだめなんだから」

自分が経験してみて、あらためてその凄さがわかる。

「ということで、先生はある作戦を考えました」

七海がニタアと笑い、一同がぞくりとした。

日曜日。貫太達はマイクロバスに乗っていた。

七海、来人、大地、晴彦、凪、七海、そして運転は……。

貫太が、運転席に顔を向けた。

「先生、今日は用事なかったのか？」

運転は新堂が担当していた。げっそりとした表情で答える。

「……春井戸、知ってるか？」

「何を」

「奴隷に自由はないんだ」

ハハハと、新堂が乾いた笑い声を上げると、七海がそれを聞きとがめる。

「新堂先生、嫌なんですか？　先生ブランケットのファンでしょ。ユジンがいないと嬉《うれ》しくないの？」

「いえ、めっそうもございません。財布と時間は、すべて七海様に捧げております。我が推し人生に、一片の悔いなし！　万歳！」

新堂の目は、もう何かに取り憑《つ》かれている。

「……推し活って大変なんだな」

貫太は心から同情した。

到着した先は、郊外にある老人ホームだった。

ちょっと小太りのヘルパーさんが出迎えてくれた。

「今日はありがとうございます。おじいちゃんとおばあちゃん、みんな楽しみにしてますよ」

そこで貫太は気づいた。

「先生、もしかしてここで歌とダンスを披露するのか」

「そうよ」

七海がにこりと認め、大地が目を吊《つ》り上げる。

「なんで、じいさんとばあさん相手なんですか。もっと若い客の前でやりましょうよ」

「あんた若い女の子に見られたら、途端にカチコチになるじゃない」

急ブレーキをかけたように、大地が凹《へこ》んだ。

「……先生」

「何よ」

「女の子好きなのに、いざ注目されると緊張してうまくいかない。モテないって、あまりに残酷すぎやしませんか……」

急に新堂が割って入る。

「わかる、わかるぞ。先生にはおまえの気持ちが、痛いほどわかる」

「新堂先生！」

大地と新堂が、ヒシッと抱き合った。

二人を無視して、一同がホールの中に足を進める。白髪のおじいちゃんやおばあちゃん達が、車椅子に乗って並んでいる。

オモニと同年齢ぐらいだろうが、オモニの方が若く見える。現役で働き、スマホを自在に操る老人。そんなオモニはやはり特別なんだろう。

ストレッチをして準備をする。膝を伸ばしながら、晴彦に尋ねる。

「晴彦、どうだ。大丈夫そうか？」

「う、うん。これだったらいけそう」

凪と大地も、親指を立てる。貫太も同様だ。この前とは違う。これならば全力でできる。

一同は勢いよく、ステージへと飛び出した。


帰りのバスの空気は、深く沈んでいた。全員落ち込みすぎて、タイヤがパンクするんじゃないだろうか。

七海が立ち上がり、手を叩いて叱咤《しった》する。

「はいはい、落ち込まない。2回目のステージにしちゃ、まずまずよ」

凪が冴えない顔で言う。

「でも、先生。今日は歌もダンスもうまくいったのに、おじいちゃんも、おばあちゃんも、ぜんぜんうんともすんとも言わなかったんですけど……」

緊張がなかったので、ほぼノーミスでこなすことができた。しかし既存の曲もオリジナルの曲もどっちもやってみたが、反応がまるでない。

大地がぶつぶつと言う。

「じいちゃんばあちゃんにK－POPなんてわかるわけねえじゃん」

七海が否定する。

「そんなことないわよ。オモニは楽しんで聴いてくれてるわ」

「オモニは特別だろ」

「何言ってんの、K－POPは年齢性別国境を超える。世界中の人々を魅了できる。だから私は、K－POPに人生を賭けたんだから……」

そう七海が胸を張ったが、語尾が弱くなった。

そこには自身の歴史への誇りと、ほんの少しの悲しさが見え隠れした。

来人がむすっと言う。

「俺達がまだまだだってことだろ」

その一言に、大地が押し黙った。

八

翌日、大地が貫太の教室に来た。大地が訪ねてくるのははじめてだ。

大地がおかしそうに言う。

「なんだよ。貫太の周りだけ誰もいねえじゃん」

「うるせえよ」

「で、なんの用だ」

クラスの連中はまだ貫太を怖がり、半径三メートル以内に近寄ってこない。まるで爆弾扱いだ。

大地がふくれっ面になる。

「おい、冷てえな。ベッドを共にした仲じゃねえか」

「バカ、変な言い方すんな」

聞こえていたのか、クラスメイトがザワついている。

気にすることなく、大地がスマホを出した。

「貫太、これ知ってるか。リーゼントのヤンキーっておまえのことだろ」

画面にはオモニの店がある。評価サイトだ。

「ああ知ってるよ。クソコメントだろ」

大地に詳しい経緯《いきさつ》を説明すると、大地が憤然とした。

「なんだそりゃ。冷麺のスープにタバコ捨てるって許せねえな」

「だろ」

あらためて画面を見ると、また嫌がらせのコメントが増えている。

「見つけ出してボコボコにしてやりてえけど、もう喧嘩はやめたしな。それに暴力沙汰を起こしたら、コンテストも百万円もパアだ」

「まあおまえにとっちゃ死活問題か」

「ただ優勝したら見つけ出して、ボコボコにするけどな」

「……さすがヤンキーだな」

納得顔で大地がうなずく。そして何か思いついたように、スマホをタップする。

「じゃあせめてネットでやり返そうぜ。このコメントに返信してやる」

得意げに、大地がその画面を見せた。

『スープにタバコ入れるって、おまえの方がクソヤンキーだろうが』

「いいな」

貫太が笑顔で返すと、大地が注意する。

「あと、このこと来人には言うなよ。あいつ、あの見た目で喧嘩っ早いからな」

「わかってるよ。特にオモニのことになると、すぐぶち切れそうだもんな」

来人の怒りの導火線は、貫太よりも圧倒的に短い。

「さっ、今日も老人ホームか」

大地が、がっくりと肩を落とした。

放課後に、七海がまたボランティアでパフォーマンスをすると言っていた。

交渉や細かい段取りは、新堂にやらせているらしい。やっぱり七海の奴隷だ……。

ところが今日の行く先は、老人ホームではなかった。

貫太の目の前には、校庭がある。そこで小さな子供達が、楽しそうに走り回っていた。

貫太が唖然《あぜん》として、七海に訊いた。

「……おい、先生。もしかしてここって」

「そう。保育園よ。今日のお客さんは園児達ね」

おかしそうに七海が肩を揺する。

実際にパフォーマンスをすると、老人ホームと同じく散々だった。

子供達は飽きて走り回り、保育士さん達がその後ろを追いかける。絵本を読んだり、おもちゃで遊ぶ子供も続出した。

大人とは違い、気を遣うなんて感覚がまるでない。心をズタズタに切り裂かれた気分だ。

暴れ回る子供達を、放心状態で見つめる。子供はなんて残酷なんだろうか。

こんな調子で、コンテストで優勝できるのだろうか……。

貫太はズンと落ち込んだ。

九

「どうする？　このままじゃまずいぞ」

開口一番貫太が言った。

K－POP部全員が、昼休みの屋上に集合した。緊急ミーティングだ。

あれから他の老人ホームや保育園にも行ったが、みんな似たような反応だった。手応えが皆無だ。

凪が確認するように言う。

「僕たちのパフォーマンス自体は悪くないと思うんだ。合宿のおかげでみんなの息もピッタリでダンスはキレてるし、貫太の歌も晴彦のラップもいい。緊張だってしなくなってきた」

晴彦がはにかみ、貫太が訊いた。

「じゃあなんでダメなんだよ」

大地が投げやりに言う。

「だからどっちもK－POPに興味がない世代なんだって、俺達無理ゲーやらされてんだよ」

凪が首を横に振る。

「そんなことないよ。先生も言ってたじゃない。Ｋ－ＰＯＰに年齢も性別も国境も関係ないって。世界中の人を魅了できるって。だから何か他に原因があるんじゃないかな。きっとこのトレーニングには、緊張を克服する以外にも何か意味があるんだよ。この壁を越えないと、本選に出られたとしても優勝なんて無理だよ」

大地が少し言葉を詰まらせたが、すぐに反論する。

「そりゃそうだけどよ。現実問題、俺達のパフォーマンスの何が悪いっていうんだよ」

凪が声を強めた。

「お客さんを、『あっためる』必要があるんじゃないかな」

貫太が小首を傾げる。

「あっためる？　なんだそりゃ」

「調べたんだけど、お笑いの劇場とかでは前説って呼ばれる芸人さんが出て、お客さんが笑えるように下準備をするんだって。それを業界用語で、『客をあっためる』って言うみたい」

「俺らＫ－ＰＯＰアイドルだぞ。お笑い芸人じゃねえぞ」

「そうなんだけど、僕が言いたいのは、お年寄りや子供にまず僕達に興味を持ってもらって、Ｋ－ＰＯＰを聴いてもらう下地を整えるべきなんじゃないかってこと」

貫太が額のわきをかいた。

「具体的にどうすんだ？」

「まずお客さんの知ってる曲を歌わない？」

「なるほど」

大地はすぐに理解できたが、貫太はわからない。

「どういうこったよ」

「だからおじいちゃん、おばあちゃんには昭和の歌謡曲、子供には今流行《はや》ってるアニメの曲とかをまず歌って踊るんだ。そしてお客さんをあったためて、メインのK－POPを歌えばいいんじゃないかな」

貫太が指を鳴らした。

「いいぞ、凪。それだ。それならメインのK－POPを聞いてもらえるぞ」

さすがK－POP部の頭脳担当だ。

だがそこで、来人が異を唱えた。

「ダメだ」

そろそろと、凪が来人の顔を覗き込む。

「……なんで。いい案だと思うけど」

「それは日本の歌だろ。俺達はK－POP部だ。K－POP以外をやるのは筋が違う。それにそんなことをしても、コンテストでは同じことができない。それなら敗者復活戦も勝ち上がれないし、優勝には近づかない」

ハハッと大地が来人に笑いかける。

「おいおい、ニューヨーク育ちが筋なんて言葉よく知ってんな。いいじゃねえか。別にJ－POPだろうがアニソンだろうが演歌だろうが。要はさ、おっ、とみんなに思ってもらうだけなんだからよ」

凪も同意する。

「そうそう。あくまでお客さんをあったためるためのものだから」

「嫌だ」

来人がかたくなに拒否し、大地と凪がしゅんと黙り込んだ。

こいつが頑固なのは、みんなよく知っている。絶対に折れっこない。チタン製の大黒柱みたいなもんだ。

そこで貫太は閃いた。

「じゃあ来人、こういうのはどうだ？」


保育園の道中、七海が歩きながら振り返り、探るようにみんなの表情を見た。

「おっ、どうしたのみんな？　今日はやけに自信満々じゃない」

貫太が堂々と答える。

「まあよ。今日の俺達はひと味違うぜ」

他のメンバーが、同時にうなずく。

ほどなくして、前と同じ保育園に到着する。子供達を集めて、パフォーマンスを披露すると告げると、

「もういいよ。前見た、つまんない」

生意気な子供が、足をジタバタさせていた。他の子供達も嫌々集まっている。

そんなことを言ってられるのも今のうちだ。

みんなで目で合図をすると、音楽が鳴った。その瞬間、子供達の顔色が変わった。

子供に大人気のアニメの主題歌だ。

ただ貫太が歌いはじめると、一瞬子供の色に困惑の色がよぎった。

日本語ではなく、韓国語だったからだ。

日本の曲はK－POPじゃない。その来人の反対意見を汲《く》んで、韓国語で歌うことにしたのだ。

来人も、どうにかそれで折れた。

子供達の反応を見て、貫太はあせった。

これでも、ダメか……。

けれどその動揺を押し殺し、腹から声を出して歌い上げる。

すると子供達の表情から違和感が消え、目が輝きだした。

それに合わせ、来人、凪、大地、晴彦が踊り出す。

これは、イケる！

貫太は、さらに声量を上げた。


「よっしゃ、やったぞ」

パフォーマンスを終えて、保育園を出ると、貫太は歓喜の声を上げた。

凪も、明るく切り出した。

「最初の曲をアニメの主題歌にしたから、その後の曲もスッと受け入れてくれたね。反応がこの前と段違いだった」

「だろ。ここよ、ここ」

貫太が得意げに、自分の頭を指さす。

韓国語で歌ったのは、凪と来人の間をとる妥協案ではない。なじみの曲を韓国語にして、メインであるＫ－ＰＯＰへの抵抗を弱める。そんな狙いもあった。

老人ホームでも、この作戦はうまくはまった。昭和の人気歌謡曲を韓国語で歌うと、この前はコクコクと眠っていた人達が、うっとりとした表情で耳を傾けてくれた。

これで完全に自信を取り戻せたのか、みんなの表情も明るい。いつも帰り道はとぼとぼとしていたが、今は足取りが軽い。

老人ホームからの帰り道、よしっと、七海が声を高めた。

「それじゃいよいよ本番前、最後の仕上げね」

大地が意気揚々と応じる。

「どんなマンモス老人ホームや保育園でも大丈夫ですぜ」

「今度のお客さんは、老人と子供じゃないわ」

へっ、と大地が虚をつかれる。

「じゃあなんですか？」

「秘密」

ニタアと、七海がまた例の笑みを浮かべた。

十

次の祝日、貫太達は見知らぬ駅に到着した。

改札を出たロータリーで、七海以外のみんなが集合している。

貫太が凪に訊いた。

「凪、今日はどこに行くんだ？」

「わからないよ。先生が教えてくれないから」

大地がにたにたと笑う。

「わからないのかね、君たち」

貫太が反応する。

「なんだよ、大地。おまえわかんのかよ」

「最後の仕上げって言ってただろうが。ってことはお客さんは女子だよ、女子。女子達がいっぱいいる前でパフォーマンスするんだよ。女子校とか、女子大とかさ」

なるほどな、と貫太が膝を打つ。

「まあコンテストを観に来るのも、女子ばっかだから、本番前に慣れさせておくってのはありかもしれねえな」

それで大地はメイクをして、髪型をビシッと整えているのか。香水もたっぷりふっている。発想が新堂先生とまるで同じだ。

クルッと来人が踵《きびす》を返し、改札の方に向かおうとする。その両肩を、ガッと大地がつかむ。

「逃げちゃダメだよー、来人くーん」

来人が青ざめている。

「……嫌だ。行きたくない」

女子だらけの場所など、来人にとっては地獄みたいなものだ。

「おっ、みんな集まってるわね」

七海の声に振り向くと、貫太は意表をつかれた。

髪型も地味で、いつものメガネ姿なのだが、七海はスーツを着ていた。まるで就職活動中の大学生だ。

少しばかり歩くと目的地に到着した。目の前の光景を見て、貫太は首を傾げた。

地味な、長方形の建物だ。その前方には円形の芝生があり、ポールが二本立っていた。祝日だからか、国旗が風になびいている。

頑丈そうな鉄の柵が閉まっていて、その隣には詰め所のようなものがある。

「なんだ、ここ。市役所か？」

ただ雰囲気がどこか違う。なんとも言えない、得体の知れない空気が漂っていた。建物自体に清潔感も静けさもあり、かつ不気味さもないから、余計に想像がつかない。

ふと大地を見ると、顔から血の気が引いている。まるで、死体でも見たような表情だ。

「かっ、かんた……」

金魚のように口をパクパクさせて、人さし指を震わせている。その先には看板があり、こう書かれていた。

富士島《ふじしま》刑務所と。

「刑務所やん！」

大地が関西弁で叫ぶと、七海がうなずいた。

「そう、今日はここの受刑者のみなさんに、パフォーマンスを披露するの」

凪、晴彦がぎょっとし、さすがの来人も表情を曇らせた。

七海が嬉々《きき》として言う。

「ちょうどうちの学校の合唱部が、今日ここへ慰問に行くって聞いてね、うちも参加させて欲しいって頼んだら快くＯＫしてくれたのよ。いやあラッキー、ラッキー」

大地が、泣きそうな顔で訴える。

「先生、ひどいですよ。俺、今日は女子大に行けると思って、ウキウキルンルンハッピー気分で来たんですよ」

「似たようなものじゃない」

「どこがですか、どこが！　女子大と刑務所、一ミリも共通点ないじゃないですか！　そんなおっかない人達の前で、俺ダンスなんてできません」

貫太がからからと笑った。

「いいじゃねえか。ここでやりゃ度胸もつくもんな。仕上げにゃもってこいの場所だ」

「アホか！　俺はおまえみたいなヤンキーじゃねえんだよ！」

大地が、悲痛な叫びを上げた。

看守長という人が出迎えてくれる。普段は強面《こわもて》なのだろうが、怖がらせないように笑顔を作っている。でもそれが、逆におっかない。

一瞬貫太のリーゼントを見たが、すぐに目を逸《そ》らした。よく考えたら、一番警戒される髪型だ。短ランとボンタンはやめて正解だった。

看守長が言った。

「スマホを預かります」

全員スマホを預けて、建物の中に入る。

廊下を歩いていると、不思議なくらいしーんと静まり返っている。物音一つしない。刑務所って音を遮断できるのか？

控え室に入ると、すでに合唱部がいた。さっきまでワイワイしていたのに、貫太を見て急に押し黙った。

そこに新堂が入ってくる。腕にはダンボールを持っていた。

七海がきびきびと命じた。

「先生、そこに置いてください」

「はい。かしこまりました」

新堂が力なく微笑む。七海を紹介してくれと貫太に頼んだ過去を、きっと後悔しているだろう。

貫太が箱を見て問う。

「なんだよこれ？」

七海が勢いよく開けると、服が何着か入っている。

大地がすぐに気づいた。

「もしかして衣装ですか？」

七海が片目をつぶる。

「知り合いの衣装デザイナーを脅して作らせたの。着てみて」

作曲家といい、七海は一体何人の弱みを握ってるんだ？

早速全員で着替える。全身白で、体のラインがはっきりとわかる。ラメが入っているのか、ピカピカとまぶしい。近未来風という感じで、ずいぶん派手な衣装だ。正直メイド服よりも抵抗がある。

背中には、『焼肉・平壌冷麺《ピョンヤン》　サンナムジャ』とデカデカと書かれている。

貫太が文句を言う。

「なんで俺だけノースリーブなんだよ」

七海がピシャピシャと貫太の腕を叩く。

「あんたは筋肉担当よ。これぞ、サンナムジャでしょ」

「まっ、まあな……」

悪い気はしない。

そこでふと大地を見て、貫太は目を見張った。

「大地、おまえずいぶん痩せたな」

「そうか？」

こんなにピチッとした服なのに、腹が目立っていない。よく見たら、顎周りの肉が落ちてすっきりしている。

晴彦も同意する。

「うん、もう大地を誰も太ってるなんて思わないよ」

「そっか……俺痩せたのか」

大地が、感極まったように腹をなでる。Ｋ－ＰＯＰにはダイエットの効果もあるのだ。

七海が貫太をグイッと引きよせ、耳元でごそごそとささやいた。

それを聞いて、貫太はぎょっとした。

「そんなこと言って、大丈夫かよ」

「いいから、いいから」

七海が親指を立てた。


リハーサルで動きを確認してから、本番を迎える。

舞台袖に立つが、客席に人がいる雰囲気が感じられない。

チラッと客席を覗き見ると、グレーの服を着た人達が、姿勢良く座っている。

舞台ではさっきの看守長が、何やら話をしている。貫太達Ｋ－ＰＯＰ部と、合唱部のことについて説明しているのだろう。

大地がハラハラする。

「大丈夫かな、大丈夫かな」

「まあこうなったらドンと構えてやろうぜ。度胸つけるためのもんなんだからよ」

看守長が舞台袖に引っ込んできた。あのおっかない笑顔で、優しく声をかけてくる。

「緊張せずに歌ってください。みんな楽しみにしてますので」

「ありがとうございます」

七海が微笑みで返した。

まず貫太だけがステージに上がる。七海の指示だ。

貫太が、がに股のヤンキー歩きで登場する。とつぜんリーゼント姿の高校生が出てきたので、客席の空気が変わった。

「おうおう、しけた面してやがんなあ」

スッと客の表情が変わる。

まずい、怒らせたか……さすがの貫太もあせったが、もうやりきるしかない。

一気呵成《かせい》に、貫太が声を上げた。

「さっき看守長さんに、緊張せずに歌ってくださいって言われたけどよお、あの人、顔がおっかねえから、逆にめちゃくちゃ緊張するだろが！」

臆せずに叫ぶと、全員が虚をつかれた表情をする。その静寂で、貫太の心臓がバクバクと音を立てた。

その直後だ。ドカンという、破裂するような笑い声が起こった。みんな大口を開けて笑っている。中には腹を押さえているものもいた。

どういうこった？……。

貫太がとまどっていると、他のメンバーがあらわれた。曲が流れ出し、貫太達はダンスをはじめた。

盛大な拍手に包まれて舞台袖に戻ってくると、七海が笑顔で出迎えてくれた。

「やったわね。すっごい盛り上がってたわよ」

パフォーマンスは大成功だった。Ｋ－ＰＯＰの曲を、みんな歓迎してくれた。

立ち上がって歓声を上げることこそなかったが、嬉しそうな表情を見ればそれがわかる。みんな体を揺らしたり、足でリズムを取っていた。

汗をぬぐって、貫太が尋ねた。

「先生、どういうことだよ」

「みんな娯楽に飢えてるからね。刑務所の慰問はとにかくウケるのよ。本番前に自信をつけて挑みたかったからね」

なるほど。そういうことか。

「看守長さんイジったのも、受刑者の人達はそう思っていても自分の口から言えないからね。お客さんが思ってることを言うと、ライブでもウケるのよ。これはアイドル時代の私の得意技」

ふふんと七海が鼻を高くする。

これだったらイケるぞ――。

たしかな感触を得て、貫太はギュッと手を握りしめた。

十一

「本戦出場を祝って、乾杯！」

七海がジョッキを掲げ、一同がコップを持ち上げる。中身はカロリーゼロのコーラだ。

貫太達サンナムジャは、見事敗者復活戦を勝ち上がり、本戦出場の切符を手にした。

特訓の成果が出て、並み居るライバルやスタッフ達の前で演じてもまるで緊張しなかった。いつも通りにさえできたら、結果はきちんとついてくるのだ。

オモニの店で、本戦に向けての決起集会をすることにした。

凪、大地、晴彦、来人、そして新堂と遙香もいる。オモニが遙香を誘ったのだ。

老人ホーム、保育園、そして刑務所……いろんな客層の前で場数をこなしてきたので、確実に度胸と自信がついた。敗者復活戦も、ノーミスでできた。もう本番が、待ちどおしくてならない。

貫太達の元気の元である、オモニの冷麺と焼肉を食べて、大いに盛り上がる。

凪も大地も晴彦も、なんだかたくましくなった気がする。本物のサンナムジャだ。

貫太がオモニに言う。

「オモニ、絶対本番見に来てくれよ」

オモニが笑顔で応じる。

「楽しみにしてるよ」

そこへダダッと大地が近づく。

「オモニ、俺に注目してくれよ」

「僕もラップうまくなったから」と晴彦。「オモニ、僕も見て欲しい」と凪。

そこで来人が、グッと全員を押しのける。

「オモニ、一番うまいのは俺だから。俺に注目した方がいい」

遙香が、負けじと割り込んでくる。

「オモニ、ダンス部のパフォーマンスも見てね。私がセンターだから」

うんうんとオモニがうなずく。

「みんな見させてもらうよ」

貫太が、ハッと鼻を鳴らした。

「先輩、俺達がダンス部食っちまうかもな」

遙香がむっとする。

「さすがにそれはないわ。こっちも本気で練習してきたんだから」

そこに七海が、強引に体をねじ込む。

「はいはい、喧嘩しない。それより一つ報告があります」

貫太が首をひねる。

「報告？　なんだよ」

「佐久間《さくま》先生が無事復帰されます」

「佐久間先生？　誰だそりゃ？」

凪がひそひそと教える。

「ほらっ、韓国語部の先生だよ」

「ああ、あのじいさん先生か」

もうすっかり忘れていた。佐久間の代理として、七海がやってきたのだ。

七海が続ける。

「ということでコンテストが終わったタイミングで、私はこの部の顧問も辞めます」

一同が静まり返った。

この数ヶ月の七海との時間が濃密すぎて、七海が代理だと忘れていた。

凪、晴彦が辛そうに顔をゆがめ、大地に至っては泣きそうになっている。

七海と大地はよくやり合っていたが、大地は七海を信頼しきっていた。もうメンバーの心のうちは、手に取るようにわかる。

部員達が沈み込んでいるので、七海がから元気を出した。

「だからあんた達、本選で最高のパフォーマンスをして優勝しなさい。それが私にとっちゃ、一番嬉しい見送り方なんだから」

ふっ、と貫太が口端から息を漏らした。

「そうだな。先生のためにも、全力でやらないとな」

うんと凪がうなずき、やるぞと大地が拳を高らかに上げる。

貫太が隅に目をやると、新堂が一人チビチビと、手酌でビールを飲んでいる。わずかに頬がゆるんでいた。

貫太が向かいの席に座り、声をかけた。

「先生、奴隷解放だな。おめでとう」

新堂がふっと笑う。

「春井戸、それを言うな。美しい花にはトゲがある、美しい女性には気をつけること。安分守己、身の程をわきまえて生き、高望みしないこと……国語の教師として、この二つのことわざの意味を実感できた。勉強になったよ」

「ことわざ二つ覚えるのに、高い授業料だったな……」

貫太がしみじみと言うと、ドカッと七海が貫太の隣に座った。酔っているのか上機嫌だ。

髪の毛をまとめたゴムを外し、メガネを取って、新堂をじっと見つめる。

瞳がうるうるとして、唇が艶めく。雪を欺く白い肌が、ほんのり桜色になっていた。これがアイドルの表情管理だ。

「先生っ、お世話になりましたぁ。先生と会えなくなると思うと、ナナミョン、とっても寂しいです」

ナナミョンってなんだよ……と貫太は心の中でツッコむ。

「いえ、私の方こそ」

新堂は平静を装うが、あきらかに鼻の下が伸びている。大金を払って学んだことわざが、もう頭の中からふっとんでいる。

「コンテストの打ち上げもやるんですけどぉ、もう予約しといていいですかぁ。当然のごとく、先生のおごりですけど」

「えっ……」

そこでガラッと、七海の口調が豹変《ひょうへん》する。

「まさか嫌じゃないでしょ。アイドルと飲み食いできんだからさ。ギャラ飲み、タダでやってるようなもんでしょ。六本木《ろっぽんぎ》とか梨泰院だったら、一体どんだけ金かかるかわかんないわよ」

「……はい」

新堂が、がっくりと肩を落とした。まだ奴隷解放とはいかなかったみたいだ。


宴会の最中《さなか》だが、外の空気を吸いたくなり、貫太は公園に向かった。

秋になったせいか、夜風が心地いい。リリリと花壇の方から虫の音も聞こえてくる。紅葉を迎えた樹々《きぎ》が街灯に照らされ、より紅《あか》く燃えていた。

貫太はブランコに乗って、キイキイとこいだ。秋の風をより濃厚に感じられる。

「あんたもブランコこぎたくなったの？」

いつの間にか、七海も来ていた。横でブランコをこいでいる。

会話もなく、二人でブランコをこぎ続ける。七海と最初に出会ったときも、同じことをした。

なにげなく、貫太が尋ねた。

「なあ、先生？　先生はここを辞めたら何すんだよ」

少し間を空けた後、七海がぽそりとつぶやいた。

「……さあ、何しようかしらねえ。また引きこもり生活かなあ」

七海はアイドルという夢を追いかけ、その夢に破れてしまった。そういう人達は、今後どう生きればいいんだろうか？

「先生、こんなところにいたんですか？」

来人も姿を見せる。

「あなたも来たの」

七海がブランコを止めると、来人が深々と頭を下げた。

「先生、今までありがとうございました。俺、先生のおかげで救われました」

「何大げさなこと言ってんのよ」

七海が笑って手を振ると、来人がチラッと貫太の方を見た。その視線で意図がわかる。

「なんだよ。席外せってのかよ」

「頼む」

来人がすまなそうに言うと、突如「おお、こいつじゃねえの？」と粗野な声が公園に響き渡った。

声の主は、目つきの鋭い角張った顔の男だった。頭を刈り上げてピチッとしたTシャツを着ている。

盛り上がった二の腕には、タトゥーがびっしり入っている。

背後には、似たような風体の男達がいる。アイドルとは、正反対の人間達だ。

刈り上げ男が、貫太のリーゼントを見る。

「絶対こいつだろ。こんなリーゼントしたやつ、何人もいねえだろ」

貫太が立ち上がった。

「なんだ、てめえら」

「兄貴にてめえを探して連れてこいって、言われてたんだよ」

刈り上げ男が、スマホを見せる。それは、評価サイトのオモニの店のページだった。

そこで貫太は悟った。

「その兄貴って、これ書き込んだやつか」

刈り上げ男がうなずく。

「そーだよ。兄貴のまっとうな感想に、おまえがクソみたいなコメント返しただろ。それに兄貴がぶち切れてんだよ」

仕返しに大地が書き込んだやつだ。

くそっ、と貫太は歯がみした。いつもならこのバカをボコボコにして、その兄貴もぶっ倒せばいいだけなのだが、今は時期が悪すぎる。

ブシューッと鼻から熱い息を吐く。細胞全部に呼びかけて、怒りの感情を抑え込む。

シッシッ、と貫太が手で追い払った。

「今日は許してやるからあっち行け」

刈り上げ男が顔色を変えた。

「なんでおまえが許すんだよ。こっちが来いって言ってんだよ」

「あんた達なの！　冷麺のスープに、タバコの吸いがら入れたってのは！」

七海が怒鳴り声を上げた。しまった、爆弾みたいな人が側にいたのを忘れていた。

「なんだ、てめえ」

「その兄貴っての今すぐ連れてこい。オモニの前で土下座しろ」

すると刈り上げ男が、にたあと不気味な笑みを広げた。

「何こいつ。めちゃくちゃイケてんじゃん。女優かアイドルみてえ。なあ」

後ろの仲間に問いかけると、「ほんとだ」「やべえ」「やりてえ」「興奮してきた」と四人が好色丸出しの顔をし、七海の顔がサッと青ざめた。

刈り上げ男が、にたにたと言う。

「リーゼントの代わりに、こいつ連れて行こうぜ。兄貴もそっちの方が喜ぶだろ」

ガッと七海の腕をつかみ、強引にひっぱる。

助けなければ、でももめごとは……その迷いで一瞬判断が遅れると、メキッと音がして、刈り上げ男が後方にふっとんだ。

来人だ。来人が、豪快な正拳突きを放っていた。

忘れていた。うちは七海の他にもう一人、爆弾を抱えていたのだ。

タタッと七海が、貫太達の後ろに逃げ込む。

貫太が、来人に声をかける。

「おい来人、おまえコンテスト前だぞ」

「先生に手出されて黙ってて、何がサンナムジャだ」

ふっと貫太が笑い、迷った自分を猛烈に恥じた。

「そうだな」

もう腹は固まった。

刈り上げ男が立ち上がった。来人に殴られた頬が赤くなり、こめかみの血管が浮いている。

「ぶっ殺す！」

残りの四人も、一緒に殴りかかってくる。

乱闘がはじまった。貫太が正拳突きを放ち、来人が上段回し蹴りをお見舞いする。高く上がった、美しい蹴りだ。ダンスの練習で、蹴りにも磨きがかかっている。

貫太と来人のコンビの息もぴったりだ。なんの合図がなくても、お互いやりたいことがわかる。こいつだったら背中を預けても大丈夫だ。

敵は見た目だけで喧嘩は弱かった。全員が、ううっとうめいて地面に寝転んでいる。

貫太が拳を見つめる。

「先生、ダンスの練習で喧嘩も強くなんだな」

七海が親指で鼻を触る。

「体幹死ぬほど鍛えたからね。ってそんなこと言ってる場合じゃないでしょ。逃げましょ」

しかし誰かが通報したのか、サイレンの音が聞こえる。キキッとパトカーが止まるのが見えて、貫太は絶望した。

十二

「二人共、二週間の停学処分だ」

校長室で、校長がそう命じた。貫太、来人、七海が並んで立っている。

七海が必死に訴える。

「校長先生。二人は私がからまれたのを助けてくれたんですよ」

貫太が加勢する。

「そうだ、そうだ。人助けすんなって、それでも校長かよ」

校長がコホンと咳払いをした。

「藤野《ふじの》君の方から先に手を上げたと目撃した人が語っている。それに春井戸君、君の格好は以前から注意していたはずだ。こうなることを危惧してね」

舌打ちしそうになるのを貫太が堪《こら》える。

「停学は二週間。コンテストには参加不可。以上だ」

バッサリと校長が話を打ち切ると、来人は無表情で言った。

「関係あるかよ。俺は出る」

それを校長が聞きとがめる。

「ダメだぞ。コンテストに出たら停学ではなく、退学処分にする。わかったな」

来人はそう吐き捨てると、部屋を出て行き、七海と貫太がそれを追う。

「シバラマ野郎《クソ》」

来人の方が、よっぽどヤンキーじゃねえか。

部室に戻ると、大地、凪、晴彦が心配そうに待っていた。

貫太と来人が二週間の停学で、コンテストには出場できないと伝えると、三人は激しく落胆した。

大地がどんよりする。

「……メインの二人が抜けてこの三人でやるんだったら、もう出場しない方がよくないですか」

七海が声を強める。

「何言ってんの。せっかくここまで頑張ったじゃない。あんた達三人だったら大丈夫」

「わかりました……」

大地がしぶしぶ受け入れ、貫太は唇を嚙《か》んだ。


とはいえ練習をする気にはなれず、そのまま全員が解散した。

「ちょっと付き合いなさい」

七海が命じるのに貫太が従う。

向かったのは駅前にある居酒屋だ。カウンター席しかない狭い店で、オモニの店のように古い。

七海はビールをジョッキで注文すると、一気に飲み干した。飲み干すというか、マジックのようにビールが消えた。

それを三度くり返したところで、さすがに貫太が止めた。

「おい先生……ペース速すぎだ」

ゲップと共に、七海がぼそっと謝る。

「悪かったわね」

「何をだよ」

「先にあいつらに怒鳴って……生徒のあんたが必死に我慢してたのに……先生失格よね」

「気にすんなよ。結局あいつら全員ボコボコにしたのは俺と来人なんだからよ」

ガクンと七海がうなだれる。

「……私っていっつもこう……肝心なところで失敗して、みんなに迷惑かける。ブランケットのときも、一番大事なテレビ番組で失敗して……結局それが、解散の引き金になった」

そうだったのか。

「アイドルも辞めて、日本に戻ってブラブラして、なんにもやる気が起きなくて……やっとあなた達と出会って、教えることに喜びを見出《みいだ》せたのに……」

脳裏をよぎる。できないステップができるようになった。そのときの、七海の嬉しそうな姿が。

「コンテストで成功させてやりたい。そう思ってたのに、今回も……私のせいで台無しに……」

テーブルに、ボタボタと涙粒が降り注ぐ。テレビから相撲中継の音が聞こえてきた。

貫太が、バンと七海の背中を叩いた。

「泣くな、先生。俺は先生に感謝してる。先生がいなきゃ、K－POPにも仲間にも出会えなかった。コンテストには出れねえけど、俺は先生からたくさんのもんをもらった。先生、言ってただろ。

大勢の人の前で歌うことほど気持ちいいことはないって。嘘つけって思ってたけどよ、本当にそうかもって、最近感じるようになってきた。先生のおかげだ」

ズズッと七海が鼻をすする。

「それにまだ終わっちゃいねえ。凪と大地と晴彦がいる。あいつらが、なんとかしてくれる。だから泣くな！　先生だろ！」

「そうね……」

グイッと七海が手の甲で涙を拭った。

貫太は達也《たつや》に連絡を取り、来てもらった。達也ならば、七海をうまく慰めてくれるだろう。

七海と別れて向かったのは、オモニの店だった。

コンテストに参加できない……つまり百万円も返せないし、店の宣伝もできない。

まずはオモニに謝らないと……。

今日は休業日だ。ＬＩＮＥで、『オモニ、行っていいか』と訊いたが、既読にならない。オモニにしては珍しい。

店の扉を開けようとしたが、案の定閉まっている。そこで裏口に向かう。

鉢植えの下に鍵があるとオモニに教えてもらっていたので、それを使って扉を開ける。

「オモニ、いるかあ！」

声をかけるが、返事が返ってこない。廊下が、不気味なほど静まり返っている。

オレンジ色の夕日が窓から射《さ》し込み、廊下を赤く染め上げていた。骨董品《こっとうひん》みたいな黒電話が、より黒く見えてならない。これも静寂の効果なのか？

仕方なく黙って足を踏み入れて、階段を上がる。

この店は住居も兼ねていて、オモニは二階で寝泊まりしている。

ギシギシと階段が鳴るが、以前よりも音が大きい。貫太の体重が増えたのか、家が老朽化したのか。そのどちらかはわからない。

ただその階段のきしむ音を聞いて、なぜか胸騒ぎが止まらない。何段上っても、エスカレーターを逆走しているようにたどり着かない。そんな奇妙な錯覚に襲われる。

階段を上がると、二間《ふたま》の部屋が見えた。どちらも畳で、イグサの匂いがした。オモニの部屋だからか、より懐かしい匂いがする。

オモニはいた――。

ソファーの上で横になって寝ている。その心安らかそうな顔を見て、ほっと貫太は胸をなでおろした。

熟睡している様子なので、引き返すことにする。またあらためて謝りに来よう。

そのまま階段を降りようとすると、ちょうど目線の高さが床になり、貫太はピタッと足を止めた。

コップが畳の上に転がっている……。

畳がお茶を吸って、その箇所が変色している。ハアハアと息が乱れ、お茶の染みがぐにゃりと歪《ゆが》んだ。

貫太は踵を返して階段を上がり、オモニに近寄った。まぶたを閉じて、表情もおだやかだ。どう見ても寝ているようにしか見えない。

「オモニ……」

もう一度声をかけるが反応はない。バクンバクンと心臓が破裂しそうになる。

そろそろとオモニの腕に手を触れて、貫太は衝撃を受けた。

冷たい――。

「オモニ！」

あわててオモニの額を触るが、体温がまるでない。

毛穴という毛穴から、ドッと、氷のような冷や汗がふきでる。今にも起きてきそうなその表情と、額の冷たさのギャップで、頭がおかしくなりそうだ。

もう、オモニは死んで……。

その考えを途中でかき消す。ガクガクと震える指でスマホをタップし、貫太は救急車を呼んだ。

十三

貫太は、はじめて学校の制服を着た。

短ランボンタンではなく、学校指定の制服だ。

母親が勝手に買っていたこの制服が、役立つ日が来るなんて……。

今日はオモニの葬式だ。

オモニの死因は老衰だった。ソファーで休んでいたら、そのまま亡くなった。本当に、眠るようにあの世に旅立ったのだ。貫太は、偶然にも第一発見者になった。

喪主は、オモニの亡くなった夫の妹が務めた。彼女とオモニは、姉妹のように仲が良かったらしい。

参列客も大勢いて、全員がオモニのとつぜんの死を悲しんでいた。貫太達と同様、オモニの世話になった人も多かったみたいだ。

貫太、来人、大地、晴彦、凪、遙香、新堂、達也、そして七海……全員が葬式に参列した。

大往生だ。幸せな人生だった。そう口々に褒める人も多かったが、貫太はそうは思えなかった。

部員達はわんわんと泣いていたが、貫太は必死で涙を堪えていた。

ヤンキーが、サンナムジャが泣くわけにはいかない。

来人も静かに、オモニの死に顔を見つめていた。

その一方、七海の動転ぶりはひどかった。

「オモニ、オモニ……」

人目もはばからず泣きわめいた。周りの人達は、七海をオモニの孫か何かだと思っていただろう。

最後の別れでも、七海がオモニにすがりつき、一向に離れようとしない。貫太達が、なんとか引きはがしたのだ。

火葬場でオモニを見送ると、全員で部室に戻ってきた。遙香も付いてきている。誰も、一言も口を利かなかった。

服に染みついた線香の匂いが、よりもの悲しくさせた。

あまりに全員が沈み込んでいるので、新堂が励ました。

「さあ、みんな元気だそう。明日はコンテストだ。気持ちを切り替えよう」

そうか。明日が本番なのか。いろいろありすぎて、頭の片隅にもなかった。

大地が重々しく言った。

「……先生、俺、コンテスト出たくないです。こんな気持ちでダンスなんかできないです」

「……」

新堂が押し黙り、大地が続ける。

「貫太と来人なしの三人で出ても、どうせ優勝は無理なんだし、何よりオモニがもういないんだ。貫太の百万円も必要ないし、お店の宣伝をする意味もない。俺達がやってきたことは、全部無駄だったんだ……」

新堂が凪と晴彦を見るが、二人とも大地と同様、辛い表情を浮かべている。

そんなことない。やろうぜ。

貫太はそう言いたかったが、その気力がどこにもない。言葉が声にならない。

七海も膝を抱えて、死んだように座り込むだけ。

「そうか……」

すると新堂が、カバンから封筒を取り出した。『K－POP部のみんなへ』と書かれている。

「先生、なんだよ、それ」

貫太が問うと、新堂が答えた。

「オモニの遺書だ」

「遺書!?」

全員が、いっせいに反応する。

「どっ、どういうことですか、先生?」

顔中に涙の跡が付いた状態で、七海が尋ねる。

厳粛な面持ちで、新堂が答えた。

「言葉通りですよ。オモニは遺書を残してたんです。先に読んでくださいと書かれていたので、僕が先に目を通させてもらいました」

たしかに封筒の裏には、『まず新堂先生が読んでください』と記されている。

新堂が手紙を手に取り、「代読させてもらいます」と言った。七海を含めた全員がうなずいた。

みんなに遺書を書いておこう。ふとそんなことを思ったけど、一体何を書けばいいんだろう。最近LINEでしか文を打たないから、ずいぶん日本語が下手になったね。読みにくくてごめんよ。

こんな風に考えたきっかけは胸の痛み。ドキドキと、心臓が痛む回数が増えてきた気がするからなんだ。

思えば私も八十歳だ。私のオモニが亡くなった年を超えている。

ああ私がオモニだから、ややこしいね。ここではお母さんと書こう。

お母さんは、心臓が痛いと言ってから、すぐにこの世を去った。

そろそろお迎えも近い。急にポックリ死んだときに備えて、みんなに何かを書き残しておこう。黙ってこの世を去ったら、みんな悲しむ。特に七海はね。

せっかくだから、私の生い立ちを書いてみたい。この年になると昔を振り返りたくなる。みんなにも、オモニの人生を知っておいて欲しい。

私は北朝鮮の延白郡《ヨンベク》の生まれ。その頃は北朝鮮という名称はなかったけど、私はそこで産まれ育ったんだ。

私の父、アッパ《パパ》は村で小さな雑貨店を営んでいた。手先が器用で、鍋や釜の修繕もお手のものだった。

アッパは、たくましくて豪快な人だった。私をたかいたかいするとき、あんまりにも高く放り上げるので、お母さんによく叱られていた。

まさにサンナムジャだ。アッパは貫太によく似ていたね。

アッパとの思い出で一つ、よく覚えていることがある。ある日アッパが、こそこそと何かを家に持ってきた。作業場で、私にそれを見せてくれた。

木製の奇妙な箱だった。

それはなんなの？　アッパに訊くと、アッパは、静かにと唇に手をあてた。そのアッパの真剣な表情に、私は息を飲み込んだ。アッパはどこか、緊張しているようにも見えた。

黒い丸い円盤をその箱の上に置き、針を載せる。そうすると、信じられないことが起きた。

音が鳴ったんだよ――。

それも美しい、聴いたこともない音色。その瞬間、周りの色が鮮明になって、世界が広がった気がした。

それは、アナログレコードだった。

みんなは知っているかい？　最近は若い子の間でもブームみたいだけど、音楽を聴くための機械だね。昔はスマホがないから、そうやって音楽を楽しんでいたんだ。

当時の私は、レコードの存在をそのときはじめて知った。そのレコードは、ホルストの『惑星』だった。

ほんとあの瞬間、私は宇宙にいる気がしたよ。それぐらい衝撃的だった。

「スンジャ、どうだい、いい曲だろ」

アッパはそう笑って、私の頭を撫でてくれた。そのときはじめて、私はアッパが音楽を好きだって知ったんだ。

今でも『惑星』を聴くと、あのときの光景が鮮やかに思い浮かぶよ。アッパは音楽という宝物を私に与えてくれたんだ。

それから次第に、世の中が物騒になっていった。朝鮮人民軍が暴れ回るようになったんだ。近所の人やアッパも殴られたり、食料や金目のものを強奪されたりした。

このままではお母さんや私の身にも危険が及ぶ。そこでアッパは、ひとまず私達を喬桐島《キョドンド》に疎開させることに決めた。

喬桐島は、私達の住まいから海を挟んでほんの数キロ先にある、小さな島さ。

今から七十年ほど前で、季節は春だった。

まずはわたしとお母さんが、木造船で喬桐島に渡り、あとからアッパがやってくる。そんな段取りだった。

船で喬桐島に渡るとき、アッパはいつもの笑顔で、大きく手を振ってくれた。

「アッパ、先に行ってるね」

船の上で、潮風にふかれながら、私は手を振り返したんだ。

ドンドン遠くなっていくアッパの姿が、今でも記憶に残っている。それが、アッパとの最後の別れになるとは思わなかったよ……。

しばらくすると、朝鮮戦争がはじまった。

歴史の授業で習ったかい？　朝鮮半島が二つに分かれて、戦争をはじめたんだ。三十八度線を境にね。

同じ民族なのに、なぜ殺し合いなんかするんだろうか。今でも私にはわからないよ……。

ひどい時代だった。食べ物もなく、ひもじい記憶しかなかった。

今私が焼き肉店をやっているのも、そのときの想いがあるからかもね。あのときはお腹《なか》いっぱい食べ物を食べたかったから。

戦争は終わったけど、私達は故郷に戻れなかった。三十八度線が私達親子を引き裂き、アッパと生き別れになってしまったんだ。

私は海を見て、いつも泣いていた。

アッパに会いたい、アッパに会いたい……。

そう駄々をこねて、お母さんを困らせた。ほんの数キロ先にアッパはいるのに、会えない。こんなに残酷なことはないよ。

海が怖い。貫太と遙香、私がそう言ったことを覚えているかい？　あれは海を見ると、当時の辛い記憶を思い出すからさ。海を見て泣きわめく、子供の頃の自分の姿をね。

お母さんは私を連れて、ソウルに向かった。私は喬桐島から離れるのは嫌だった。アッパが帰ってきたとき、アッパが困るからね。

でも喬桐島では生活できない。ソウルにいる親戚を頼らざるをえなかった。

お母さんは、ソウルの焼き肉店で働いた。お母さんの得意料理が、平壌冷麺だった。そうさ、今私が作っているあの冷麺さ。

昔お母さんは平壌のホテルで働いていて、そこで覚えた料理だった。お母さんの冷麺はアッパの好物だった。いつもおいしそうに、アッパは冷麺を食べていたよ。来人にはこの話をしたね。

その焼き肉店でも、お母さんの平壌冷麺は大評判だった。そしてそこの経営者がお母さんに求婚し、二人は結婚することになった。

もちろん私は大反対だった。だって北朝鮮にいるアッパはどうなるんだい？　アッパの好きな冷麺をきっかけに、二人が知り合ったことも許せなかった。アッパが可哀想《かわいそう》だと泣きわめいて、お母さんに激しく反抗したよ。

でもお母さんは、ただただ困った顔をして、「ミアナダ《ごめんね》」と言うだけ。

今になってみると、お母さんの気持ちがわかる。お母さんは、アッパを忘れたんじゃない。私のために、二人が生きるために結婚するんだって。でも思春期の私には、それが理解できなかった。いや、頭では理解してたね。でも心が納得してくれなかった。

大きくなって、私も店を手伝うようになった。冷麺の作り方も、そのときに覚えたんだよ。そんな店によく訪ねてきたのが、日本からの留学生だった倉内浩三《くらうちこうぞう》だった。その後彼と結婚したから、ナムピョン《夫》だね。

ナムピョンは私の冷麺が好きだった。ほとんど毎日のように来てくれて、自然とお互い惹《ひ》かれ合うようになった。

日本人と韓国人という違いはあったけど、そんなことは私達は気にならなかった。

ナムピョンもうちの店で働くようになり、私達の店は、梨泰院で有名になった。ナムピョンは才能があって、優秀だったんだ。すまないね。ちょっとのろけてみたよ。

梨泰院はソウルでは最先端の街なんだ。当時は米軍基地もあって、クラブが流行っていた。『ムーンナイト』というクラブが特に有名でね。

うちの店で焼肉と冷麺を食べて、ムーンナイトで踊る。それが流行になったもんさ。そんな若者の中にいたのが、ソフンだった。

そう、七海の事務所の社長さ。偉くなったけど、当時はどこにでもいる若者の一人だった。

ソフンの夢が、アイドルになることだった。当時はアイドルなんて言葉は知らなかったけど、ソフンのことは大好きだった。だから応援したよ。七海のようにね。

私達夫婦には子供ができなかったからね。何かソフンを、自分の息子のように思っていたんだ。

ソフンはデビューし、韓国ではじめてのB－ボーイグループのメンバーになった。

私は、ソフンの歌とダンスが本当に好きだったよ。ソフンのテレビ出演を毎回心待ちにしていた。

ただ同時に、ソフンを見ると、アッパを思い出した。アッパにもソフンの歌を聴かせてやりたい。アッパは今どうしているだろう。そう悲しくなったもんさ。

アッパのことは、一度たりとも忘れたことはなかった。

私達のように南北分断で引き裂かれた家族を、離散家族というんだけどね。離散家族の再会事業にも応募したし、テレビ番組にも出たんだ。

離散家族を探す番組が当時あったんだよ。でも結局、アッパの行方《ゆくえ》はわからなかった。

そんなある日さ。ある青年が私の元を訪ねてきた。驚いたよ。それは延白郡にいた人だった。私もかすかに顔を覚えていた。老人みたいに老け込んでいたから、誰だかわからなかった。その彼が、アッパのことを教えてくれた。アッパは十年も前に、亡くなっていたそうだ。そして彼がアッパの形見として、あるものを渡してくれたんだ。

それは、割れたレコードの破片だった。手のひらに収まるほど小さくなったものだよ。アッパが持っていたレコードだそうだ。そう、ホルストの『惑星』だよ。

この曲を聴くと、別れた娘のことを思い出すんだ……。

アッパは寂しげな笑みを浮かべて、そう彼に語っていたそうだ。

けれど皮肉なことにそれが、アッパの死の引き金となった。海外の音楽を聴いていたことで、労働党の社会安全員に政治犯だと疑われ、強制収容所に送られた。そこで軍の人間に暴行を受けて亡くなったんだ。

脱北した彼は、アッパの形見のレコードの破片を、ずっと持ち歩いてくれていた。いつか私の手に渡せる日が来ると信じて……。

私はその形見のレコードを手にして、ぼうっとしていた。

不思議だけど、涙は出なかった。ただ何か、感情の線がプツンと切られたような感じがした。本当に、悲しみも、憤りも、何も感じなかったんだ。

大げさだけど、生きる意味が消えた感覚だった。心が死んだんだ。

いつかアッパに会える……私は、その希望を胸に抱いて生きてきた。それがよくわかったよ。

アッパの死が判明したすぐあとに、ナムピョンの父親も亡くなった。

ナムピョンはお父さんと不仲で、ナムピョンは勘当扱いされていた。勝手に韓国人の私と結婚したのも、お父さんの逆鱗《げきりん》に触れたんだ。

二人ではじめて日本に行き、ナムピョンの家族に会った。

ドキドキしたけど、みんな歓迎してくれたよ。私のつたない日本語も褒めてくれた。あれは嬉しかったね。

お父さんの葬式の後、ナムピョンがこう言ったんだ。

「日本で焼き肉店をやりたい」ってさ。

お父さんが亡くなったことで、故郷の日本に帰りたくなったんだろうね。

私のアッパも、もう北朝鮮にも韓国にもいない。あの世に旅立った。

ナムピョンも私も、心に大きな空白があった。何か新しいことをして、それを埋めないと、前には進めない。そう思ったんだよ。

お母さんは新しいアッパと仲良くやってるし、他の兄弟がついているからね。大丈夫だと思ったんだ。あとで生まれた弟と妹だよ。

だから二人で日本に行き、店を出すことにしたんだ。そう、この店だよ。

日本での生活は楽しかった。日本のお客さん達が平壌冷麺をおいしそうに食べている。異国の日本で、故郷の料理が喜んでもらえる。それが、涙が出るほど嬉しかったんだ。

ただ悲しいこともあった。それはナムピョンが病気で亡くなったこと。膵臓《すいぞう》ガンで、あっという間にこの世を去った。

あのときは辛かったね……ナムピョンがいなければ、私はこんな幸せな人生は送れなかったたんだから。私はあの人を、心から愛していたんだよ。

正直韓国に戻ろうかと思った。でもお店のお客さんの中で、私を慕ってくれる子がいた。七海だよ。もし私が韓国に帰ったら、きっと七海は悲しむだろう。

そう思って、日本で店を続けることにした。ここを私の、第三の故郷にしようと決めたんだ。

そんなある日さ。用事があって、新大久保《しんおおくぼ》に立ち寄ったんだ。

驚いたよ。

まるでそこは韓国だった。ハングルの看板と、韓国語の音楽で満ちあふれていた。韓国の音楽が、ソフンが道を開いたK－POPが、異国の日本という地で、こんなに聴かれているなんて……。

その辺にいた若い子を捕まえて訊いたら、アメリカや海外でも人気だというじゃないか。K－POPは世界に広がってるって。ついでにその子の推しのアイドルも教えてもらったよ。

嬉々として語るその子を見ていると、なんだか誇らしい気持ちになったもんさ。

そして七海が、K－POPアイドルになりたいと言い出した。歌もダンスも、ソフンのようにうまかった。

もちろん応援するに決まってる。七海の両親は反対してたけど、当然だよ。親だったら子供のことは心配するもんだ。

七海はぶつぶつ言ってたけどね、七海も親になればわかるさ。

七海の両親には、私のアッパのことを話した。好きな歌を聴いて歌える幸せを、日本人と韓国人は持っている。夢を追うことは本当に素晴らしい。七海だったらそれを叶《かな》えられるとね。

結果、七海の両親は賛成してくれた。二人とも優しい人だ。

デビューするまでは苦労してたけど、七海がデビューできたときは心から嬉しかった。ブランケットの歌とダンスを見るのが本当に楽しみだった。何か、ソフンのときを思い出したよ。

ただブランケットの人気が落ち込むにつれ、七海からの連絡が少なくなったのは気がかりだった。私のことを気にしているんだろう。七海はそういう子さ。

そしてブランケットが解散すると、七海からの連絡は途絶えた。もちろん心配だった。連絡を取りたかったけど、七海の気持ちが立ちなおるまで待とうと決めた。

また元気になって、冷麺と焼肉を食べに来る。そのとき、最高の料理でもてなしてやろう。そう思ってね。

でもまさか貫太が、七海を連れてくるとは思わなかった。

みんな退屈しただろ。ついつい昔のことを思い出していたら、こんなに長い文章になっちゃったよ。そろそろお終《しま》いだよ。

お節介だけど、みんなにメッセージを残させてもらうよ。

大地、大地は太ってることを気にしてたけど、そんなことは気にしなくていい。お兄さんと自分を比べる必要もない。きっと大地の良さがわかってくれる女の子があらわれるさ。私が、ナムピョンと出会ったようにね。

晴彦、昔は辛いことがあったけど、今はどうだい？　見違えるように明るくなったね。晴彦の文章はとても素敵だ。作家になったら、素晴らしい物語を紡ぐだろうね。

凪、自分の笑顔が嫌いだって言ってたけど、今もそうかい？　鏡で見てご覧？　素敵な笑顔だよ。その笑顔はいろんな人を救うさ。

　来人、来人の気持ちはよくわかる。私も祖国に帰れず、自分が拠って立つ場所がなかったからね。自分は一人ぼっちだ。来人はそう言っていたけど、あなたの周りには仲間がいる。拠って立つ場所ができたんだ。それは人生の宝になる。

　貫太、貫太はとりあえず私に百万円を返すこと。っていうのは冗談さ。死んでまでお金なんかいらないよ。歌で十分さ。貫太の歌を聴くと、いつもアッパを思い出したよ。ああ、アッパに聴かせてやりたかったなって。私一人だけ独占しているのはもったいない。貫太の歌は、いつか大勢の人を楽しませることになる。私はそう確信してるよ。

　遙香も短い付き合いだったけど、楽しかったよ。あなたを見ていると、人間っていいものだって思えてくる。そして遙香の夢は、きっと叶うよ。遙香ほど素敵な女性はいないよ。オモニは応援するよ。

　そして七海、私が死んだら七海が一番心配だね。ずっと泣いてるんじゃないかって。まあ七海は泣き虫《ウルボ》だからね。韓国じゃ、お葬式に泣き女っていうのがくるんだ。葬式を湿っぽくするためにね。私の葬式には、七海がいるから必要ないね。ここは笑うとこだよ。七海は、ブランケットが解散して落ち込んでたね。何もやることがないって。将来が、未来が見えないって。でも本当にそうかい？　本当に何も見えないかい？　よーく自分の胸に問いかけてみなさい。七海だったら、次の光を見つけられるよ。

　この遺書もそろそろ終わろう。私が何事もなく無事でいて、みんながこれを読まないことを願って。

さっ、今からコンテストが楽しみだ。どんなパフォーマンスを見せてくれるんだろうね。打ち上げの準備もしないとね。当日は大忙しだ。オモニも頑張るよ。

オモニより

新堂が読み終わると、ウッウッという涙声が、部屋中を埋め尽くした。涙の霧がかかったみたいだ。

大地、晴彦、凪、遙香、そして、七海がまた泣いている。貫太も涙を堪えることに必死だ。目の奥に力を入れ、手に爪を立てて我慢した。冷静さを保てているのは、新堂と来人だけだ。

ボロボロと涙をこぼして、大地が言った。

「新堂先生、俺やっぱり、コンテストに出ます。オモニがあれだけ楽しみにしてくれてたんだから。三人でも、ぶざまなできになってもやります」

新堂が、凪と晴彦を見る。目をまっ赤にしながらも、二人がしっかりとうなずいた。

新堂が頰をゆるめた。

「そうか、オモニも喜ぶな」

くそっと貫太は悔しくなった。なぜ自分は出られないんだ。天国のオモニに、最高の歌とダンスを届けたかったのに……。

ベソベソと泣いている七海に、新堂が一冊のノートを手渡した。

手の甲で涙を拭い、七海が受けとった。

「これは……」

「オモニのノートです」

新堂が答える。七海がペラッとノートをめくると、驚愕《きょうがく》の表情を浮かべた。

「先生、それなんだよ？」

貫太は横から覗き込んで、ハッとした。

そこにはビッシリと字が書き込まれていた。

内容は、スマホの使い方だった。

まるで受験勉強をしているかのように、丁寧な字でまとめている。

新堂が説明する。

「きっとオモニは、韓国にいる殿上先生とやりとりするために、必死でスマホの使い方を覚えたんですよ。殿上先生が少しでも安心できるように、寂しくないようにって。普通、あの年齢であそこまで使いこなせないです」

ポタポタと、ノートに水滴が落ち、染みを作る。七海の涙粒だ。

それから七海が、声を上げて泣いた。

「オモニ！　なんで、なんで死んじゃったの！　会いたい！　オモニに会いたい！」

ノートを抱きしめて号泣する。オモニが亡くなったと知らせたときよりも、葬式のときよりも、ワアワアと泣き叫んでいる。

また貫太と来人以外の全員が、いっせいに泣きはじめる。悲しくて冷たい、どしゃ降りの涙雨……。

貫太はスマホを手にして、オモニとのＬＩＮＥの記録を見た。

無機質なスマホから、オモニオリジナルのスタンプ一つ一つから、オモニの愛情が伝わってくる。

目頭がカッと熱くなり、あわててまばたきをする。

泣くな。泣くな。俺は、サンナムジャだ――。

すると来人が、ぼそりと言った。

「貫太、話がある。外に出ろ」

みんなが泣き濡れている中、二人で廊下に出た。

「なんだよ、話って」

涙をごまかすために妙な声になる。

「おまえに頼みたいことがあるんだ」

来人がそう言った。

十四

コンテスト当日を迎えた。

有明《ありあけ》にある会場で、収容人数は一万人ほどだそうだ。今から数時間後に会場は満席になり、若い熱気に包まれる。

この前渋谷のコンサート会場で、七海の後輩の、ユジュン達のファンミーティングを見たが、そこよりも会場が広い。

全員で、控え室に入る。

大きな控え室は、コンテストの出演者とスタッフでごった返している。空調がしっかりしているはずなのに、酸素が薄く感じてならない。人の熱気で汗をかいてきた。

ただ人は多いが、貫太への視線は少ない。ヤンキースタイルが、衣装の一環だと勘違いされているみたいだ。

大地の表情が硬いので、貫太がバンと肩を叩いた。

「おい、また緊張してんぞ。刑務所でやったことを思い出せよ」

周囲がザワザワし、大地があたふたする。

「バカ、変な言い方すんなよ」

大地があらためて貫太を見て、弱々しく微笑んだ。

「おまえと来人がいてくれたら、もうちょい気が楽なんだけどな……」

凪が、鋭い声でとがめる。

「ちょっと大地」

「悪い。忘れてくれ」

すまなそうにする大地に、来人がさらっと言う。

「俺も出るぞ」

へっと大地がまぬけな顔をし、凪と晴彦も硬直した。

大地が、その表情のまま言う。

「何言ってんだよ。来人は停学中だろ」

「知るか」

「出たら退学って言われたんだろ!?」

「かまわない。どっちにしろ、俺はコンテストが終わったら、高校を辞めるつもりだった」

きっぱりと来人が言い、大地が訊き返す。

「……辞めるって、辞めて何するつもりだよ」

「韓国の事務所に入って、本格的にプロのアイドルを目指す」

「プロのアイドル!?」

大地が頓狂な声を上げた。

「アイドルこそが、俺の求めていたものだって気づいたんだ。それが、拠って立つ場所だって。だからオモニと先生にも相談してたんだ。先生に事務所の社長のソフンさんを紹介してもらって、オンライン面接で合格した。二週間後には、俺は韓国で練習生だ」

「マジかよ」大地が唖然として漏らすが、「でも来人なら絶対スターになれるな」と微笑んだ。

「だから高校生活の最後の思い出として、それとオモニのためにも、サンナムジャ全員でパフォーマンスをしたいんだ」

来人が、貫太に熱い視線を注ぐ。つられるように、凪と晴彦も貫太に顔を向ける。

チッと舌打ちして、貫太は服を脱いだ。その下には、衣装を着ている。

凪が驚いた。

「いいの、貫太？　退学になるよ」

貫太が投げやりに叫ぶ。

「いいわけねえだろ！　俺がどんだけ苦労して、この高校に合格したと思ってやがんだ。なのに断っても断っても、来人が引き下がらねえんだよ。こいつが言い出したら聞かねえのは、みんな知ってるだろ」

うんうんと三人がうなずき、来人が言う。

「おまえは退学にならないように、俺がなんとかする」

「絶対だぞ。絶対。校長に土下座して靴をなめても、俺の退学は断固阻止しろよ！」

「わかった」

うなずく来人に、貫太はふうと肩を沈ませた。

「……まあこんだけの人数の前で歌えたら、最高に気持ちいいだろうからな。それに天国のオモニにも聴いてもらいてえ」

「よしっ」

来人が拳を出したので、貫太も軽く拳をあてた。

「さっ、みんな準備をはじめるわよ」

そこに七海と達也がやってきた。

七海は、今日はメガネとジャージではない。達也はいつものスーツ姿だが、迫力が半端ないので、二人ともかなり目立っている。

チラッと七海の様子を窺《うかが》う。オモニが死んだ悲しみの余韻は色濃く残っているが、かなり落ちついていた。

達也がパチンと指を鳴らすと、後ろからメイド服の女の子達があらわれた。

見覚えのある面々――メイドカフェの店員達だ。

その中のリーダーが言った。

「さっ、仕事開始よ」

メイド達と大地が主導して、全員にメイクを施していく。

スキンケアもこの日に備えて丹念にやってきた。今ではパックをしないと気持ち悪くて仕方がない。どんなヤンキーなんだ……。

立体感の出るパール入りのリップに、アイシャドウもバッチリ塗った。

みんなそれぞれ特徴を引き立てたメイクと髪型にする。

凪は昨日髪の毛を染めて、より明るい印象に。

晴彦はヘアバンドでおでこを出し、チークも入れる。

いつも前髪を下ろしていてわからなかったが、晴彦はなかなかの美形だ。ヘアバンドをつけて発覚した。

大地は軽くパーマをかけて、キリッとした眉に。

達也と大地と七海が、事前にスタイルを相談していた。

七海のツテで借りてきた、ヘッドセットマイクをつける。K－POPアイドルは、これをつけて歌って踊るのだ。

「完璧。これぞK－POPアイドルだ」

達也が満足げに、メガネを持ち上げた。

それから軽く練習をする。貫太達の喧嘩以来、満足に合わせられなかったが、問題はなさそうだ。

リハーサルも終わって、とうとう出番だ。

廊下に出ると、遙香達ダンス部もいた。目の覚めるようなまっ赤で派手な衣装を着ている。

他のダンス部員に悟られないように、遙香が親指を立てる。貫太も、親指を立てて返した。

さんざん練習に付き合ってもらったんだ。遙香のためにも、最高の歌とダンスを見せたい。

舞台袖に立つ。モニターで客席が見えるが、満席だそうだ。

一万人の盛り上がりで、全身がビリビリと痺れてくる。熱気と歓声で、空気が燃えているようだ。

他の出場者は、緊張で顔がまっ青になっていた。

気になって大地に尋ねる。

「どうだ、緊張は？」

大地がニッと歯を見せた。

「ぜんぜん。やっぱり刑務所効果は絶大だな」

凪と晴彦も大丈夫そうだ。

全員で手を重ね、「サンナムジャ！」と貫太が声をかけた。みんなの気合いが、注入される。

「月山《つきやま》高校K－POP部の登場です！」

MCのかけ声に合わせて、貫太達がステージに駆けていく。

前を向くと信じられないほどの観客と、まばゆいほどのライトがきらめいている。

『来人君ファイト』という巨大なボードを持った女子高生達が目にとまった。来人ペンだ。ここまできているのか……なんだかおかしくなり、緊張がよりほぐれた。

貫太のリーゼントスタイルに、客が苦笑するような雰囲気になった。

ただ巨大スクリーンに来人がアップになって、急に客席が色めいた。現金なやつらだ。

音楽が鳴る。スッと息を吸い、一気に声を張り上げた。

歌い出しがピークのような曲だ。高音のキーだが、完璧に出た。その歌声で、客席の空気が一変した。さざ波のように、驚きの表情が広がっていく。

よしっ！

そこから全員のダンスに入る。スライド、バタフライ、ブルックリン、ロジャーラビット……。何度も練習したステップだ。五人が一つの生き物になったように、動きが同期する。細胞の隅々にまで染み込ませたダンス。

練習を続けた部室が、来人の知り合いの別荘が、あの夏の海が、脳内でフラッシュバックする。

内臓をさらけ出し、魂をぶちまけろ！

そう自分に言い聞かせる。喉を震わせ、懸命に筋肉を動かす。

貫太のクシで髪を上げるポーズに、凪が手でハートマークを作る。

凪のスマイルで、黄色い声が上がる。嫌いだといっていた笑顔が、凪の、いや、サンナムジャの武器になっていた。

大地が服をめくって腹を見せた。あのボテッとした腹はどこにもない。引きしまった腹筋だ。

一瞬、来人と目が合った、顔をしかめそうになったが、『表情管理！』と叫ぶ七海の顔が脳裏をよぎり、寸前で堪える。来人も似たような面持ちだ。

貫太と来人が見つめ合う。キャアという耳をつんざくような、黄色い声が爆発する。

続けて晴彦のラップだ。ここだけは日本語だ。幾度も幾度もくり返し練習を重ねた、魂のラップ。

晴彦らしい言葉で、高校生の日常と鬱屈した想いを込め、韻を踏む。観客も、その心の叫びに自身を重ねている。

晴彦が、ここまで……。

間近で晴彦の努力を見てきたので、貫太はなんだか泣きそうになった。頑張った。こいつがサンナムジャで、一番頑張った。

そして来人のダンス——。

こいつ、マジか……。

うまいという表現では到底収まらない。豪快さと繊細さ、熱さと冷たさ、相反するものが、来人の全身から放たれている。

来人の汗がほとばしった。俺を見ろ。俺は藤野来人だ。ダンスでそう叫んでいる。プロのアイドルへの第一歩を、ここで踏み出そうとしている。

観客の視線が、来人に釘付けになる。すべての人が魅了されている。

ただ俺だって負けない——。

貫太が声を振りしぼる。一万人の客の表情が変わっていく。歌で、みんなの心をつかむ。その確かな手応えを感じる。

クソッ、なんだこれ。最高に楽しいじゃねえか。先生の言ってたことは、本当だったんだな。

いや、これで満足するな。感情だ。感情を込めろ。自分のためじゃない。

オモニだ。天国のオモニのために俺は、歌う。こんな声で、天国まで届くか？　そうだ。オモニのアッパにも届けなきゃ。

この程度じゃダメだ。もっとだ。出し尽くせ。ヤンキーは限界を超えるもんだ。仲間のために、自分の大切な人のために。

想いを、感謝の気持ちを、自分のすべてを……

届け……届かせるんだ……。


ステージが終わった。

万雷の拍手と大歓声の中、貫太達は舞台袖に戻った。

七海が待っていた。またボロボロと泣いている。床に涙の湖ができそうだ。

ハアと貫太が脱力する。

「先生、泣きすぎて死ぬぞ」

七海が、涙と鼻水を出して答える。

「もっ、もう死んでもいいぐらい感動した。みっ、みんな、よくやったわ」

大地、凪、晴彦も泣いている。オモニの葬式で見せた悲しみの涙じゃない。

自分も、グループのみんなも、全員が全力を出し切れた。それに対する、歓喜の涙だ。

来人も満足げな表情を浮かべている。俺はプロでやっていける。そんな、たしかな笑みだ。

七海が一人一人ハグをする。力が強すぎて、みんな背中が折れ曲がりそうだ。全員の衣装が、七海の涙と鼻水でテカテカしている。

最後に、七海が貫太を抱きしめた。その髪の感触を頬に感じながら、貫太は七海に問いかけた。

「先生」

「何？」

「たくさんの人の前で歌うのって、こんなに楽しいんだな」

「そうよ！　私はあんたにそれを教えたかったの！」

貫太は、ゆっくりと上を見た。

「俺の歌……天国のオモニに届いたかな」

ズズッと鼻をすすり、七海が泣きながら叫んだ。

「届いたに決まってるでしょ！」

「そっか……」

視界では、照明がキラキラと輝いていた。

エピローグ

一

貫太達は、羽田《はねだ》空港にいた。

ガヤガヤというにぎやかな声と、ガラガラという荷物を載せたカートの音がする。日本語、英語、中国語などが飛びかい、空港ならではの空気を作っている。

大地が貫太を見た。

「……おまえ、韓国にもその格好でいくのか」

「これが俺の正装だ」

リーゼントに短ランにボンタンは、海外に行くとしても変わらない。

さっきから写真を撮ってくれ、と外国人観光客がうるさいのが面倒だけど……。

凪が来人に声をかける。

「来人、頑張ってね。デビューしてね」

晴彦が念を押す。

「ちゃんとＬＩＮＥ返してよ。サンナムジャのグループラインにさ」

「わかってるって」

来人が答える。

そう、今から来人は韓国に旅立ち、Ｋ－ＰＯＰアイドルの練習生となるのだ。

コンテストは大成功に終わったが、優勝は逃してしまった。優勝は、遙香達のダンス部だった。

ただサンナムジャは動画でバズった。イケメンで超絶テクのダンサーと、ヤンキーだけど歌がうますぎるボーカルのいるグループとして、ネットをにぎわせることができた。

大地、晴彦、凪は、今では学校の有名人だ。来年のＫ－ＰＯＰ部の部員数は凄いことになるだろう。大地がほくほく顔で、そう言っていた。

「いつまでぶすっとしてんだ。早く行くぞ」

ふくれっ面の貫太に、来人が顎でうながした。

貫太が抗議の声を上げた。

「怒って当然だろ。なんで。なんで、俺も退学になってんだ。おまえ、校長に土下座して説得するんじゃやなかったのか！」

あのコンテスト出場がバレて、貫太は退学処分となった。しかも来人どころか、七海も新堂も、誰もかばってくれなかった。なんて薄情なやつらだ。

電光掲示板のソウルの文字が目に入った。そろそろか……。

キョロキョロと貫太が見回す。

「先生は来ないのか？」

凪が答える。

「来ないって。最近すっごい忙しいみたい。就職活動で」

「引きこもりがやっと本気になったのか」

七海の第二の人生が、ようやくスタートしたのだ。

飛行機に乗る直前、大地達が来人と抱き合っている。三人とも目に涙を浮かべていた。

来人が韓国にいけば、しばらく会えなくなるのだ。

続けて三人が、貫太にハグしてくる。貫太が苦笑した。

「おい、俺はただ旅行に行くだけだぞ」

「ついでだよ。ついで」

大地が泣きながらそう答え、三人で、力強く貫太を抱きしめた。七海の影響で涙もろくなっている。


飛行機に乗る直前に、ＬＩＮＥで遥香に伝える。韓国に行くと。「なんで教えないの！」と怒りのメッセージが連投されてきた。下手をしたら、今から付いてきかねない。

しばらくすると金浦《キンポ》空港に到着した。こんなに近いのか……。

貫太にとってははじめての海外だ。空気がなんだか日本と違う。少し緊張したが、ハングルを見て韓国語を聞くうちに、だんだん落ちついてきた。不思議と故郷に来た気分だ。

来人が先導し、二人でバスに乗った。道行く景色は、日本とさほど変わらない。

しばらくバスに揺られていると、急にバスが停止した。するととつぜん、兵士が乗り込んできた。

　これは日本にはないので、貫太はあわてた。

「おいおい、なんだよ」

　来人が冷静に返す。

「おまえのその格好のせいじゃないのか。韓国では法律違反らしいな」

「嘘だろ……」

　高校を退学になって、韓国の刑務所に入れられたら悲惨すぎる。

　兵士が、貫太と来人にパスポートを出すように命じた。おとなしくそれに従う。

　兵士が、ギロッと貫太を見つめてくる。ドキドキしていると、パスポートを返し、兵士が出て行った。

「検問だよ。検問。上陸許可が必要なんだよ」

　来人が言い、貫太がいらだった。

「てめえ、冗談の場所を選べよ」

　登録を済ませると、大きな橋を渡る。左も右も海だ。海の色は、日本も韓国も変わらない。夏の合宿を思い出す。

　目的地に到着した。バスから降りて体を伸ばすと、潮の匂いがする。

　中心地には市場のようなものがあり、時代が止まったかのような、レトロさが人気を集めているそうなのだが、観光目当てで来たのではない。

　目の前には群青色の海があって、空には穏やかな白い雲が浮かんでいる。湿り気のある異国の海風が、貫太のリーゼントを揺らす。

合宿で見た海のように水平線はなく、その先には陸地のようなものが見えていた。

あれが、北朝鮮だ――。

ふと視線を斜めにして、貫太は軽く震えた。そこにはびっしりと張り巡らされた鉄条網があった。

来人も貫太と同じ方向を見る。目を細め、前髪を海風になびかせて。

「あっちが北朝鮮なんだな」

「そうみたいだな……」

ここは喬桐島――。

オモニの疎開先であり、ここでオモニはアッパと生き別れになった。

父と娘を引き裂いた、小さくて、永遠のように遠い海……アッパを想って、オモニは毎日この海を眺めていたのだ。

実際に、この目で距離の近さを確認して、その残酷さを痛感する。

貫太は、リュックから小さなツボを取り出した。ツボには、オモニの遺骨が入っている。

この海で、オモニの散骨をしてやりたい。

そう来人が言い出し、なぜか貫太も付き添うことになったのだ。韓国にいるオモニの遺族にも許可を取ると、ぜひそうしてやって欲しいと承諾してくれた。

来人が骨を撒《ま》こうとしたので、貫太が止める。

「ちょっと待ってくれ」

貫太がスマホを取り出すと、来人が怪訝《けげん》な表情をした。

「何をするんだ」

「オモニの遺書にあっただろ。オモニのアッパはホルストの『惑星』を聴いて、オモニを想っていたって」

来人がうなずく。

「おまえ知ってるか？　昔、その『惑星』に日本語で歌詞をつけた曲が、ヒットしたんだってよ。すげえ発想だよな。クラシックを日本語の歌にするって」

凪が教えてくれた。本当にあいつはなんでも知っている。

「それで閃いたんだよ。その『惑星』の歌詞を韓国語にして歌おうって。それでオモニを見送ってやろうってな」

来人がフッと笑みを浮かべた。

「おまえにしては、いいアイデアだな」

「おまえにしてはが余計だ」

オモニの弔いに、これほどふさわしい曲はない。

学校に行けない間、貫太はひたすら練習をしていた。

水を飲んで喉を潤してから、スマホの再生ボタンを押す。

壮大な音楽が鼓膜を震わせる。オモニは子供の頃これを聴いて、どう感じたんだろうか？　会えない娘を想って聴いていたアッパは、どんな気持ちだったんだろう？　過去に心を浸しながら歌い上げる。

小さな青い海と、その向こうにある北朝鮮に歌声を届かせる。ふいに、海を見つめる子供の姿が脳裏に浮かんだ。

子供の頃のオモニだ。こうしてオモニは、海の向こうにいるアッパを待ち焦がれていたんだ。

来人が骨壺の中に手を入れ、海に撒く。サラサラと白く細かな粉になったオモニが、故郷へと戻っていく。

曲が終わって、ハアハアと息をつく。持てる限りの力を尽くして歌い上げた。

オモニ、これでアッパとまた一緒になれるな……。

「おい、泣くなよ」

「えっ」

びっくりして手の甲で頬に触れる。涙の感触がした。ツーッと無意識のうちに、涙がこぼれていた。

絶対に泣かない。オモニが死んだときも、葬式でも、コンテストのパフォーマンス後も泣かなかったのに……。

喬桐島の海と、この『惑星』の曲が、耐えに耐えてきた涙腺を崩壊させた。

「馬鹿野郎。泣いてねえよ」

まぶたをゴシゴシして、目の奥に渾身《こんしん》の力を込める。

でも……涙があふれて止まらない。熱くて、悲しくて、やりきれなくて、感情がぐちゃぐちゃになった涙だ。

「だから泣くな」

その来人の声を聞いて、ハッとその顔を見た。来人が、ボタボタと涙をこぼしている。

そうか、こいつもずっと、泣くのを我慢していたんだ。

「てめえだろが、泣いてんのはよ」

「うるさい。俺はちょうど今、『ショーシャンクの空に』を思い出したんだ」

「なんだ、そりゃ？　じゃあ俺だって、『幸福《しあわせ》の黄色いハンカチ』を思い出したんだよ。あのハンカチのシーンな」

「だったら俺は、『ニュー・シネマ・パラダイス』のラストの映画館のシーンだ」

貫太と来人は韓国の海を見つめながら、泣ける映画を言い合った。

二

喬桐島から清潭洞へとやってきた。

喬桐島と違って、ここはおしゃれで高級感あふれる場所だ。有名ブランドのショップも多い。

貫太はあきらかに浮いている。

「なんかしゃれたところだな」

「セレブや芸能人が住むところだからな」

「なるほどねえ」

街の雰囲気と来人が、やけに合っているわけだ。

立派なビルの前で立ち止まった。ここが目的地の芸能事務所だ。

貫太が、グッとリュックを持ち上げる。

「じゃあ、俺は行くからよ。頑張ってデビューしろよ。スターになったらボディーガードで雇ってくれ」

なんだかんだ言いつつも、来人と別れることに寂しさがある。

冗談をまじえてさよならしたかったが、来人は黙り込んでいる。妙な間があった後、こう誘ってきた。

「ちょっと中に入れよ。荷ほどきを手伝ってくれ」

「えっ、なんでだよ」

「いいから来いよ」

「しゃあねえな」

貫太が苦笑する。来人も別れが寂しいのだろう。生意気なやつだが、可愛いところもあるじゃねえか。

二人で中に入る。天井がふきぬけで、広々としたビルだ。

正面玄関には、K－POPアイドル達の写真パネルがズラッと並んでいる。この事務所に所属するアイドル達だ。来人は、自身の写真がここに飾られるのを今から目指すのだ。

二階への階段を上がって、ある部屋の扉を開ける。

板間で壁一面が全て鏡になっている。どうやらレッスン場のようだ。

その中央に、誰かがいた。見覚えのある、あの人だ……。

「何してんだよ、先生」

七海だ。七海がニタアと笑い、腕組みをして立っている。

「何って私はこの事務所のトレーナーになったのよ」

「ハハッ、なんだそりゃ」

つい笑ってしまうが、七海にピッタリだ。七海は、次の道を見つけたんだ。

来人は、七海と貫太を会わせるために、連れてきてくれたのだろう。粋なことをしやがって……。

「よかったな来人、先生と一緒に頑張れよ」

七海が、鼻の上にシワを寄せた。

「ハッ⁉　何言ってんの？　あんたも頑張らないとダメでしょが」

貫太がまばたきをする。

「……どういうことだ？」

「あんたも来人と同じく、この事務所の練習生になったのよ」

貫太が、驚愕の声を上げる。

「なんだと！」

「うちの事務所の社長にあのコンテストの動画を見せて、貫太も合格したのよ」

貫太が来人を見る。

「てめえ、もしかしてこのこと知ってたのか」

来人が素知らぬ顔をする。

「おまえと御薗先輩以外全員知ってる。もちろんおまえのお母さんも承諾済みだ」

思い当たる節がある。それで大地達は、あれだけ泣いて別れていたのか。

そこでハッとする。

「どうりでみんな、俺の退学に誰も反対しなかったわけだ。全員で俺をだましやがったな」

「ピンポーン、そのとおり。行く当てもないヤンキーを、うちで引き取ってやるっていってんのよ。感謝しなさい」

「ふざけんな。もう百万円稼がなくていいんだ。ヤンキーがアイドルなんかになれるかよ」

七海が言う。

「遺書」

「遺書？　オモニのか」

「書いてたでしょ。貫太の歌はいつか大勢の人を楽しませるって。それにはK－POPアイドルになるのが一番。なんせK－POPは世界と繋がってるんだから」

「……いや、書いてたけどよお」

「それにあんた、あのコンテストでどう思ったの？　たくさんの人の前で歌って踊って、どう感じたの？」

あの光景と感情が、脳裏になだれ込んでくる。

「貫太、私はあんたに何を教えたんだっけ？」

「歌うことは楽しいって……」

そう、あの感動を、もう一度味わってみたい。心に問いかけ、そっと耳を澄ませる。その気持ちは……嘘じゃない。

そして貫太は、力強く言った。

「わかったよ。

俺は、アイドルになる！」

「よろしい」

七海が、貫太と来人を交互に見た。そしていつもの笑みを浮かべ、意気揚々と言った。

「サンナムジャ、第二部のはじまりよ」

本書は、書き下ろしです。
またこの作品はフィクションであり、
登場する人物・団体・事件等は
すべて架空のものです。

浜口倫太郎（はまぐち・りんたろう）

奈良県生まれ。漫才作家、放送作家を経て『アゲイン』で第五回ポプラ社小説大賞特別賞を受賞しデビュー。著書に『コイモドリ』『廃校先生』『お父さんはユーチューバー』など多数。

カバーモデル　簡秀吉
撮影　飯岡拓也
スタイリスト　浅井直樹
ヘアメイク　Ｋａｃｏ
取材協力　ＲＹＯＮ・ＲＹＯＮ
装幀　ｂｏｏｋｗａｌｌ
編集　荒田英之

サンナムジャ　ヤンキー男子がＫ－ＰＯＰに出会って人生が変わった件

二〇二四年十一月四日　初版第一刷発行

著者　浜口倫太郎
発行者　庄野　樹
発行所　株式会社小学館
〒一〇一－八〇〇一　東京都千代田区一ツ橋二－三－一
編集　〇三－三二三〇－五一三七　販売　〇三－五二八一－三五五五
ＤＴＰ　株式会社昭和ブライト
印刷所　萩原印刷株式会社
製本所　株式会社若林製本工場

造本には十分注意しておりますが、印刷、製本など製造上の不備がございましたら「制作局コールセンター」（フリーダイヤル〇一二〇－三三六－三四〇）にご連絡ください。
（電話受付は、土・日・祝休日を除く九時三十分～十七時三十分）

ISBN 978-4-09-386552-4